わるじい慈剣帖（十）

うそだろう

風野真知雄

双葉文庫

目次

わるじい慈剣帖（十）

うそだろう

第一章　増えるタコ

一

愛坂桃太郎《あいさかももたろう》が、孫の桃子《ももこ》を連れて、近所を散策している。だいぶ暖かくなってきて、あちこちで梅は満開である。漂う香りはくすぐったいくらい甘く、暢気《のんき》な気分に眠けまで追加してくれる。

桃子とこうして散策するのは、じつに久しぶりである。仔犬《こいぬ》の音吉《おときち》というやくざの襲撃を警戒するあまり、ほぼひと月と十日ほど、あいだが空いてしまった。

その音吉は、すでに牢のなかにいる。

——わずかなあいだに、ずいぶん足がしっかりしてきたのう。

と、桃太郎は驚いている。年末までは、ときどきよろよろしていたのが、いまはとっとことっとこ歩くのである。ちょっと前のめりになるが、ほとんど転んだり、尻餅をついたりすることもない。

その歩くようすが、まさに幼い生きものの愛らしさで、桃太郎は地面に横たわって、踏まれてみたいくらいである。

海賊橋《かいぞくばし》のたもとまでやって来ると、

「やっぱり、愛坂さまは桃子ちゃんといるときが、いちばんお似合いですな」

大家の卯右衛門《うえもん》が、お世辞なのかなんなのか、わからないことを言ってきた。

「うむ。足がしっかりしていて驚いたよ」

「子どもは日ごとに達者になりますからね」

「まあ、その分、わしが衰えているのだろうが」

「いえいえ、愛坂さまは鍛《きた》えておられますから」

「そのつもりだが、鍛える分より、老いのほうが早いものなのさ」

ほんとにそう思うのだ。桃子がすたすた歩くときには、自分はよたよた歩いているに違いない。

「そんなことより、桃子、大家さんにカメさんとカニさんを見せてもらうか」

卯右衛門は、そば屋の裏の小さな池で、カメとカニを飼っているのだ。どう見ても、金魚が似合う池なのに、なんでカメとカニなのか、この大家の頭のなかも謎である。

「カメたん、カメたん」

舌っ足らずがまた可愛い。

「うん。カメさんと、カニさんな」

「桃子ちゃん。タコさんもいるんだよ」

と、卯右衛門が言った。

「タコ？　タコもいるのか？」

「そうなんですよ。飼ってみると、タコも可愛いもんですよ」

「可愛いか、あれが？」

「家の者は薄気味悪いとか言ってますがね」

「ま、ふつうはそう言うわな」

だが、桃太郎は卯右衛門の気持ちもわかる。変わった生きものを飼う楽しさというのはあるのだ。

「じゃあ、桃子、タコさんも見せてもらおう」

裏に回った。

池とは別に、高さ三尺ほどの、古びた大きな樽《たる》が置いてある。

「この樽はどうしたんだ？」

「漬け物屋から譲ってもらったんですよ」

「水はどうしてる？」

「海水を汲《く》んできて入れてますよ。毎日、新しいのも汲んできてますし」

「そりゃ、大変だな」

「海の魚や生き物は、鯉《こい》や金魚より飼うのは大変ですよ」

「だろうな」

桃子は池の縁にかがんで、カメの頭を触っていたが、桃太郎は抱き上げて、樽のなかをのぞかせた。

「ほら、タコさんがいるぞ」

なかは薄暗いが、一匹、水面近くを泳いでいる。

「あこたん」

「うんうん、タコさんだな」

すると卯右衛門が、樽に手を入れて、タコを摑《つか》んで持ち上げた。

「ほら、桃子ちゃん。怖くないかい？」

卯右衛門はタコの足を桃子の手にからみつくようにさせた。タコはくねくねと桃子の小さな手に巻き付いていく。ぬるぬるしているし、吸盤の感覚が気持ち悪いだろうと思うのだが、桃子は面白そうにタコを見ている。

「たいしたもんですねえ。ぜんぜん怖がりませんよ」

「まあな」

タコを怖がらないことが、なにがたいしたものかはわからないが、桃太郎は嬉しそうに胸を張った。

「ほら、桃子。あんまり吸い付かれると、しまいには血まで吸われるからな」

桃太郎がそう言うと、卯右衛門はタコを桃子の手から引き離し、樽のなかにもどした。

「ところで、妙なことがありましてね」

「おいおい、イカがタコになったとか言い出すんじゃないだろうな」

この大家の周辺では、しょっちゅう奇妙なことが起きるのである。

「そんなんじゃないんです。あたしがもらって育て始めたのは、一匹だけだったんですが、いつのまにか二匹、三匹と増え始めたんです」

「そんな馬鹿な」

「ほんとですよ、ほら、見てくださいよ」

卯右衛門に言われて、桃太郎が樽のなかをのぞきこむと、薄暗い底のほうに、

「一、二、三……四匹いるな」

「え、四匹？　あ、また増えたんだ」

「誰か入れてるんだろうよ」

「なんのためにそんなことするんですか？」

「生《い》け簀《す》がわりに」

「いやあ、そんなやつはいませんよ。もしかしたら、タコって自然に増えるんですかね？」

「自然には増えぬだろうよ」

桃太郎は、鼻で笑った。

「そうですよね。やっぱり、牡牝《おすめす》で、やるんでしょうしね」

卯右衛門は、自分がしているみたいに嬉しそうに言った。

「おい、桃子の前で変なことは言わんでくれ」

「まあだ、わからないでしょう」

「だが、いまは言葉を覚えたくて仕方がないときなのだ。いきなり、タコやっ

た、とか言い出したらまずいだろうが」

桃太郎は、一部だけ小声にして言った。

「あはっ。わかりました、気をつけます」

と、卯右衛門は苦笑し、

「それにしても、変でしょう」

「ま、タコが二十四や三十四に増えても、桃子に危険が及ぶわけでもないしな」

桃太郎は、そんなことに首を突っ込む気はさらさらない。

「まったく、愛坂さまは桃子ちゃんの心配だけですからね」

卯右衛門は、不思議そうに首をかしげるばかりである。

二

桃子をひとしきりカメやカニと遊ばせたあと、海賊橋のほうに出て来ると、八丁堀《はっちょうぼり》のほうから雨宮五十郎《あまみやごじゅうろう》と、中間《ちゅうげん》の鎌一《かまいち》がやって来た。

雨宮は、首に縄をつけた犬の狆助《ちんすけ》を連れている。

猿回しの泥棒に、猿の代わりを務めさせられていた犬である。狆の血が入っているらしく、目は丸く、毛足が長い。なんとも言えない愛嬌《あいきょう》がある。

一時は、桃太郎が飼うつもりになったのだが、請《こ》われて雨宮に譲ったのだった。

「あ、わんわん」

桃子は怖がらずに狆助に近づき、しゃがんで頭を撫《な》でた。狆助も嬉しそうに身体をくねらせ、踊るようにしている。

「いよいよ連れ歩くことにしたのか？」

桃太郎が訊《き》いた。

「ええ。どうやら、やっとわたしが新しいあるじだと認めたようなので」

「そりゃあ、よかった」

狆助は、桃子の手をかいくぐり、桃太郎を見上げて、尻尾《しっぽ》を振った。

「おお、わしのことも覚えていてくれたのか」

桃太郎もしゃがんで、顎《あご》を撫でた。

「ほんとに賢い犬ですよ」

「だろうな」

「昨夜はいっしょに、日本橋界隈《にほんばしかいわい》の夜回りをしたのですが、初めて通った道でも、ちゃんと帰ることができるんですね」

「ああ、そうだな」

桃太郎もそういう経験は何度もしている。小便をかけて、ところどころに臭いの印をつくっておくのではないか。

「耳もいいですね。一町ほど離れたあたりで呼んでも、ちゃんと聞き取れるみたいなんです」

「飼い主の足音もわかるからな」

以前、飼っていた犬は、桃太郎が駿河台《するがだい》の坂を上がり始めると、屋敷はまだ一町ほど先なのに、門のなかから嬉しそうな鳴き声が聞こえたものだった。

「そうなんですね」

「これで言葉が話せたら、わしらもうかうかしてられぬぞ」

「まったくです。それで、おいらは狆助を連れて町回りをしたいと思っているのですが」

「ほう。面白いではないか」

定町回りの同心が犬を連れて歩いたら、ずいぶん役に立つことがあるだろうが、そういうのは見たことがない。

雨宮がそれに気づいたのは、なかなか進取《しんしゅ》の気概があるのかもしれない。

「ところが、上役からはみっともないことはよせと言われてましてね」

「ふうん」

どこにも頭の固いやつはいるのである。

「それで、それを認めさせるためにも、狆助になにか手柄を立てさせたいと思ってましてね。なにか、ありませんかね、狆助の手柄になるようなことは？」

「急に言われてもな。ま、考えておくよ」

「よろしくお願いします」

「それより、やくざたちの動向はどんなふうなんだ？」

蟹丸《かにまる》の兄の東海屋千吉《とうかいやせんきち》が、やくざの世界で一気に頭角を現わし、おかげで桃太郎ばかりか、妹の蟹丸や珠子《たまこ》までもが、お座敷を控えなければならないという迷惑をこうむっている。

「昨夜も葭町《よしちょう》で、やくざ同士の小競り合いがありました」

「目玉の三次《さんじ》のところの者が出て来てるのか？」

「いえ。銀次郎《ぎんじろう》の配下だったのが、東海屋千吉の下には入りたくないということで揉めているんです。同じような騒ぎが、湯島《ゆしま》と品川《しながわ》でも起きてます」

「千吉では力不足なわけだ」

悪知恵は相当働くが、実績に乏《とぼ》しく、貫禄《かんろく》にも欠けるはずである。

「ええ。こうなると、目玉の三次も黙って見てはいないでしょう」

「だろうな」

なにせ、弱肉強食の世界である。

「だったらいっそ、目玉の三次が一手に江戸やくざを支配したほうがいいのではという話も出てきてます」

桃太郎はしばし首をかしげ、

「それはまずいだろう」

と、言った。

「そうですか」

「それだと目玉の三次の力があまりにも強大になってしまう。そのうち、祭りだの盛り場の治安だのについて、目玉の三次に伺いを立てるようなことになるぞ」

「そりゃあ、駄目ですね」

「まあ、いろんな考え方があるのだろうが、わしはやくざは、いくつかのさほど大きくない組が対立しているくらいのほうがいいと思うがな。そのほうが、奉行所も御《ぎよ》しやすいだろうよ」

やくざなどは、いないほうがいいに決まっている。だが、どうしたって道を踏み外すやつは出て来る。その居場所も必要なのではないか。

「確かに」

「あんたも犬なんか連れ歩いている場合じゃないのかもな」

「いやあ、狆助はやくざ相手にも奮闘しますよ。な、狆助」

「わん」

ちゃんと返事をしたではないか。

「じゃあ、愛坂さま」

雨宮は、鎌一と狆助を連れて海賊橋を渡って行った。

三

翌朝──。

桃太郎が、朝飯を食うのに日本橋の魚河岸《うおがし》に向かおうとすると、そば屋の裏手に卯右衛門が腕組みしているのが見えた。

「おい、どうした？」

桃太郎はうっかり声をかけてしまった。

「あ、愛坂さま。また、タコが一匹増えてるんですよ」

「ええ？」

桃太郎も店の裏に回って、樽のなかをのぞいた。

まだ、朝陽は地平線のほうに近く、樽のなかには陽が差し込まないので、かなり見にくい。それでも、確かに五匹いるのは確認できた。

水面に藁屑《わらくず》が浮いていた。指でつまんだ。なぜ、こんなものがあるのか。タコを縛って持ってきたのかもしれない。

「やっぱり、誰かが持って来てるんですかね」

「ふうむ」

それはそうだろう。タコが、上げ潮に乗ってそこまでやって来て、仲間に会いに来たとは考えられない。ただ、なんのために持って来るのかは、見当がつかない。

「こう増えてしまうと、困ります。餌代《えさだい》もかかりますし」

「そうか。餌はなにをやっているんだ？」

「いちおう、こぶりのイワシをやってますが」

「五匹もいたんじゃな」

「何匹か海にもどしてきましょうかね」

「もう、食うしかないだろうよ。品書きにタコ刺しと、タコの酢の物を加えたらいいではないか」

　そばとタコ刺しは、合わなくはないだろう。

「いやあ、でも、湧いて出たようなタコを食べさせるのは駄目でしょう」

「そりゃそうだな。毒があるかもしれないからな」

「キノコじゃないから、それはないと思いますがね」

　と、卯右衛門は笑った。

「だが、犬や猫にタコとかイカを与えると、死んだりするぞ」

　犬猫は、なんでも食うように思えるが、人と同じものを食わせると、腹をこわし、ひどいときは死んだりもする。桃太郎は、やはり生きもの好きの叔母がいて、子どものころ、そういうことはずいぶん教えられた。

「そうなんですか？」

「ああ。理由はわからないが、身体に合わないのだろうな」

「へえ。愛坂さまはタコのことまでよくご存じで？」

「そんなことはない。犬猫のことは多少知っているからわかったことで、タコのことは何も知らんよ」

思えば、タコはよく食うが、タコについては何も知らない。しかも、

「このタコ」

などと、阿呆《あほう》扱いしたりする。タコに対して失礼を重ねてきたかもしれない。

飯を食いがてら、魚河岸でタコについて訊いてみることにした。

いつもの店に来て、大ぶりな魚を捌《さば》いていたおやじに、

「タコはないかい？」

と、桃太郎は訊いた。

「食べたいんですか？」

「うん。タコのことが知りたくてな」

「はあ？　でも、食べたいなら、そっちで仕入れてきますよ。刺身がいいんで？

それとも茹《ゆ》でたのが？」

「捌くのは面倒なのかい？」

「塩でぬめりを取ったりしますが、下ごしらえの済んでるやつを持ってきますよ」

「じゃあ、茹でたやつを刺身ふうにしてもらおうか」

「わかりました」

おやじは数軒向こうの店から、すぐに太い足を一本持ってきた。

「それと、いま捌いているのは？」

「ワラサです。もうちょっとでブリになります」

出世の途中で釣り上げられてしまったわけである。

「ああ、ワラサか。だったら、少し刺身でもらえないかい？」

「へい」

「それとアラ汁に、飯を軽くよそってくれ」

相変わらず、飯は少なめにしている。そのほうが体調もいい気がする。

「わかりました」

ワラサのあとにタコを食べると、いかにもタコはさっぱりしている。さっぱりし過ぎかもしれない。

「柔らかいでしょう」

と、おやじは言った。

「ああ、食べやすいよ」

「いい仕事をするやつでしてね。茹でる前に、タコをゆっくり揉みほぐすんですよ。捕まったときの怯《おび》えや、緊張をほぐすようにね。それで身体の凝《こ》りをほぐしてやってから、サッと茹でる。すると、そういう柔らかい歯ごたえになるって寸法で」

「ほう」

「なんせ、タコってのは賢い生きものですからね」

「賢いのか。なんで、そんなことがわかる?」

「閉じ込めたつもりが、いつの間にか逃げ道を見つけて、逃げ出したりするそうですぜ。しかも、こんな小さい穴から逃げたりするんです」

「ほう」

「目の幅より大きければ、抜けられるみたいですね。なんせ、身体に骨がねえから、伸びたり縮んだりできるんでしょうね」

「なるほど」

「捕まりそうになると、墨《すみ》で煙幕を張ったりしますしね」

「ああ、そうらしいな。だが、それくらい賢いのだったら、タコを使って、悪いことってできるかな？」

「なんですか、それは？」

「わしの知り合いが、生け簀にタコを一匹入れてたら、数日のうちに四匹も増えてしまったのさ」

食いながら事情を説明した。

「へえ」

おやじはたいして興味を示さない。

「タコを調教して、悪事の手伝いをさせるとか？」

「そこまで賢くはないでしょう」

「だよな。じゃあ、いいことでもしようとしてるのかな」

見た目が不気味なだけに、知らないうちに増えていると、悪いほうに考えてしまう。だが、じつはなにかいいことをしようとしているのかもしれない。

「ああ、今日の飯もうまかった。ごちそうさん」

これぞ魚市場の近くに住む醍醐味《だいごみ》というものだろう。

四

路地を入って長屋にもどると、家の前に桃子を抱いた珠子がいた。

「おじさま」

珠子の顔がいつになく険しい。

「どうした？」

「蟹丸が……いま、向こうの番屋の人が報《しら》せて来たんですが」

「蟹丸がどうしたのだ？」

「やくざに襲われたらしいんです」

「なに」

「無事らしいのですが、あたしのところに報せてくれと頼まれたそうで」

「わかった。わしがようすを見て来る」

と、楓川《もみじがわ》を挟んだ向こう岸へ向かった。

材木河岸《ざいもくがし》から横町《よこちょう》に入ると、又蔵《またぞう》の豆腐屋の前に人だかりがある。豆腐屋はいま、休業中だから、客の人だかりのわけがない。

人をかきわけると、又蔵が豆腐を煮る釜のわきでひっくり返っている。そのわきに蟹丸がいて、

「親分、しっかりして」

と、肩をゆすった。

又蔵はぼんやりした目をしている。顔には殴られた跡がいくつもあり、ずいぶん腫《は》れあがっている。頭をやられていたら心配である。

「棒で殴られたのか？」

桃太郎は、又蔵に訊いた。

「いえ。こぶしです」

泣きそうな顔で答えた。呂律《ろれつ》は回っている。

「頭は殴られてないか？」

「たぶん」

桃太郎は、頭を触ってみた。こぶもできていない。

「あとはどこを殴られた？」

「腹は何度か殴られたと思います。それと、足も蹴られましたね」

「どうした？」

又蔵がそう言うと、

「だって、親分は三人も相手したんですよ。そりゃあ、殴られますよ」

蟹丸が感激した顔で言った。

「ほう」

桃太郎が感心すると、

「なあに、やくざの三人くらい、豆腐を三丁つくるほうがずっと大変ですよ」

粋《いき》がったにしては、間抜けな台詞《せりふ》である。

「よし、ゆっくり立ってみろ」

又蔵は言われるままに立ち上がった。蟹丸はそっと支えるようにする。

「ふらつくか？」

桃太郎が訊いた。

又蔵はちょっと足踏みしたり、身体を揺さぶるようにして、

「いえ。大丈夫です」

「目をつむって立っていてみろ」

「こうですか」

とくに身体が揺れたりすることもない。

「命に関わるような怪我はなさそうだな」

「よかった」

と、蟹丸が言った。

「それより、なぜ、あんたを連れ去ろうとしたんだ？」

「さあ。ろくに話もできないような、馬鹿っぽい三人組でしたから。あ、でも、兄があたしに助けてもらいたがってるとは言ってました」

「助けてもらいたがってる？」

「どうせ、お座敷ですよ」

「そうだろうな」

また誰か、大事な相手をもてなしたいのだろう。

「まったく、誰が行くもんですか。でも、居場所を知られてしまいました。どうしたらいいでしょう？」

蟹丸は不安そうに言った。

「うむ」

あの男のことである。居場所がわかっていたら、蟹丸を連れ去る工夫はどんなふうにもできるだろう。例えば、近所に火付け騒ぎでも起こして、その隙に連れ去ることだってやりかねない。

「ここを移るしかないな」

桃太郎がそう言うと、

「どこへ？」

蟹丸が訊いた。

駿河台の愛坂家に移せば、向こうも手出しはできないが、なにかのときに遠過ぎるし、妻の千賀《ちか》だの嫁の富茂《とも》だのが、大騒ぎするだろう。

「愛坂さまのお長屋は？　珠子姐さんのところの二階は駄目ですか？」

と、又蔵が言った。

「それは……」

桃子に危険が及ぶかもしれない。

「愛坂さまのお部屋でもいいですけど」

蟹丸が言った。

「それは駄目だよ。爺《じじ》いになると、部屋に人がいると眠れなくなるのだ……そうだ、雨宮の役宅は、あいつ、女房には逃げられたんだから、空き部屋があるだろう？」

桃太郎は、又蔵に訊いた。

「ああ、ありますね。鎌一も住み込んでますが、ほかに三つくらい部屋が空いてますよ」

又蔵はうなずいて言った。

「じゃあ、ぴったりだ。八丁堀のなかぐらい安全なところはない。又蔵もいっしょに、泊まり込めばいい。そうすれば、万全だ」

桃太郎は、これぞ妙案《みょうあん》だと満足して言った。

五

次の朝——。

桃太郎は今日も魚市場に朝飯を食いに行った。

昨夜は、蟹丸と又蔵を、ひそかに雨宮の役宅へ移すのに大変だった。歩いてもたいした距離ではないが、わざわざ舟を出し、尾行がないのを確かめながら、雨宮の役宅へと入れたのだった。桃太郎は、もう一艘《いっそう》のおとりの舟に乗り込み、闇に目を凝らしたりしていた。

おかげで今日は、眠くてたまらない。

焼いたヒラメと、昆布と厚揚げの煮つけで飯を食い、満足してもどって来ると、大家の卯右衛門が海賊橋の上で、流れを見ている。

「お、川の流れにこの世の無常でも感じてたのか？」

と、桃太郎は声をかけた。

「あれを見てください」

指差したあたりに、白くなったタコの死骸《しがい》が浮いている。

「あんたのとこのタコか？」

「ええ」

「そうとも限らんだろう」

「あっちにも」

岸のほうにも一匹浮いていた。

「それから、そことそこ」

ぜんぶで五匹のタコの死骸。

「うちのタコですよ」

「樽からいなくなってるのか？」

「ええ。五匹ぜんぶ」

「ほう」

であれば、卯右衛門のところのタコに間違いはないだろう。

桃太郎は、じっとタコの死骸を見て、

「別に、料理されたふうでもないな」

と、言った。茹でられたら、もっと赤くなっている。足もくるりと丸まっている。だが、あのタコはむしろ白く、足もだらりと伸びている。

「ええ。単に投げ込まれたんじゃないですか。タコは真水《まみず》に入れられると死んじまいますので」

「あんたのところから盗まれて、それからこの川に放ったんだ」

桃太郎は腕組みして、考えながら言った。

「そう考えられますよね」

「増やして、殺した……気になるな」

「気になりますよ」

「夜、人の気配とかはなかったのか？」

「気づきませんでした」

「あそこに縄がある」

と、桃太郎は指差した。岸近くに、長さ二間ほどの縄が九十九折《つづらお》りみたいになって浮いている。水草に引っかかったため、流れなかったのだろう。

「タコと関わりがありますか？」

「あの樽に、藁屑が浮いていただろう」

「気づきませんでした」

「もしかしたら、タコを縛ったのかもしれぬ」

「タコを縛る？　なんのために？」

「それはわからんさ」

桃太郎は、タコの死骸を見ながら言った。

見ているうちに、ひどく嫌な気分になってきた。

罪もない生きものが、なんのためか居場所を移され、しまいにはああして、生きていけないところに投げ捨てられて、殺されてしまった。白くなったタコの死骸は、人間にぶつぶつと恨み言をつぶやいているように見えた。

もっと生きていたら、桃子もずいぶん遊ぶことができただろうに——そう思うと、桃太郎はこの蛮行《ばんこう》をしでかしたやつが、許せない気持ちになってきた。

「あんた、そもそも、なぜ、タコなんか飼い始めたんだ？」

と、桃太郎は卯右衛門に訊いた。

「知り合いに勧められたからですよ」

「知り合い？」

「正しくは、知り合いの店に来ていた客に」

「卯右衛門。それは、おごんの店のことだろうが」

「あ、ご存じでしたか」

「ああ。おごんから、店を出したら来てくれとも言われたよ」

「そうでしたか。行ってやってくださいよ」

「あんた、旦那なのか？」

と、桃太郎は目を瞠《みは》りながら訊いた。そんな甲斐性《かいしょう》はないはずだが、まさかがあるのが男と女である。

「とんでもない。安く借りてるからって、旦那面《だんなづら》はしないでくださいと、釘を刺されましたから」

「そうか。あっはっは」

いかにもあのおごんらしい。

「愛坂さまのことは、おごんも気になっているみたいですよ」

気にされても困るが、嫌な気はしない。

「タコを勧めた客は、今日あたりも来てるかな？」

「いるんじゃないですか。おごんを口説《くど》くのに、毎晩来てるみたいだから」

「ほう」

桃太郎は、夜になったら行ってみることにした。

「あんたも行くだろう？」

「すみません。あたしは今晩は、町役人《ちょうやくにん》の会合が入っていて、外せないんですよ。明日ならごいっしょできますが」

「まあ、いい。わし一人で行ってみるよ」

六

夜になって――。

おごんの店に行く途中、狆助を連れた雨宮に会った。

奉行所の帰りではない。着流しはいつも通りだが、羽織は着ておらず、下駄ばき、刀は一本差しである。町方同心の面影《おもかげ》はますますない。どう見ても、大名の愛犬の世話係である。

「今日は非番なんですが、狆助を連れて夜回りをしようかと」

訊《たず》ねてもいないのに、雨宮は言った。

「熱心だな」

「桃子ちゃんにも見せたいと思いましてね」

桃子より、珠子に見せたいのではないか。

「それより、新しい飲み屋に行ってみないか」

桃太郎は誘った。

「新しい飲み屋？」

「そば屋の卯右衛門の家作に、新しく入ったのだ。以前、深川《ふかがわ》の岡場所にいたんだが、しっかりして賢い女でな。じつは、仔犬の音吉の女房の正体を知ったのも、その女のおかげだったのだ」

「そうでしたか」

「おごってやるよ」

そう言うと、雨宮は嬉しそうに、

「では、お相伴《しょうばん》にあずかりますか」

ぽんと手を打った。ほとんど幇間《ほうかん》のしぐさだった。

茅場河岸《かやばがし》に面した南茅場町《みなみかやばちょう》にやって来た。

近くに大番屋があるので、町方の者や、岡っ引きの類《たぐ》いの出入りも多い。

卯右衛門のところのタコの話も、道々、語った。

「それって、どういう悪事なんですか？」

「単なるタコ殺しと思うか？」

「うーん。なぜ、食わなかったのかも不思議ですね」

「まあな」

どうも、雨宮の見る目はずれている。

「そこだな」

おごんの店は、すぐにわかった。〈おごん〉と書いた提灯《ちょうちん》がぶら下がっている。

のれんを分けると、すでに常連客がついているらしく、七割方が埋まっている。

桃太郎を見て、

「あら、愛坂さま。来てくれたんですね」

おごんが嬉しそうにそばに来た。

「ああ。いい店じゃないか」

「そうですか。店賃はずいぶん値切ったんですけどね」

卯右衛門は、半分にさせられたのだ。

「犬もいいかな？」

「どうぞ」

店はすべて土間である。裸足の犬も大丈夫なのだ。

「そちら、見覚えはあるんですが」

おごんは雨宮を見て言った。

桃太郎は、人差し指を口に当て、

「ここじゃないしょにしてもらいたいが、定町回りの旦那だよ」

小声で言った。

「あら、まあ。お手柔らかに」

「うん、いいよ」

と、雨宮は町方同心にあるまじき軽さである。

「それはそうと、卯右衛門がここで常連の客にタコを飼うように勧められたと聞いたんだが、勧めたというのは、どの男かわかるかい？」

桃太郎は、小声で訊いた。ただ、すでに見当はついている。おごんと話す桃太郎に、敵意のある視線を向けている、奥の若い男。あいつがそうではないか。

「ああ、そんな話、してましたね。あの壁際に座っている人。庄《しょう》さんというんですよ」

桃太郎の勘は当たった。

手前に空いている縁台もあったが、わざと庄さんとやらに近い縁台に座った。

すると、狆助が庄さんを見て、一声吠《ほ》えた。

「なんだよ、生意気な犬だな」

庄さんがムッとして言った。

「そういえば、この犬は、怪しい男に吠えるんだよな」

桃太郎が大きな声で雨宮に言った。

「そうなんです。なんでわかるんですかね」

雨宮がうなずくと、

「なんでえ、まるであっしが悪党みてえじゃねえですか。あっしは、こう見えてもれっきとした堅気《かたぎ》の植木屋ですぜ」

「ほう、植木屋か」

じっさい、このあたりには、山王旅所《さんのうたびしょ》の境内の植木市があるせいもあって、植木屋は多いのである。

「植木屋庄兵衛《しょうべえ》でさあ」

「以前から、ここらにいたかな?」

桃太郎が訊いた。

「いや。このあいだまで、小日向《こひなた》にいたんですが、こっちのほうが儲《もう》かりそうなんで、移って来たんでさあ。ま、庭木の手入れがあったら、いつでもどうぞ」

庄兵衛は、そう言ったあと、そっぽを向いて、酒を口につけた。

雨宮がなにげなさそうに顔を寄せ、

「思い出しました」

と、言った。

どうやら庄兵衛に関わる話らしい。

桃太郎も、狆助に魚をちぎって食べさせながら、

「なにを?」

小声で訊き返した。

「半月ほど前に、音羽《おとわ》のほうを回っている同心が言ってたんですが、植木屋のかたわら、盗みをやるやつがいるんです」

「植木屋のかたわらに？」

「庭に入り込めるので、そこから金目のものを物色するんでしょう。後日、入り込むんです」

「小日向なら、音羽にも近いな」

「ええ」

「そやつの名前は？」

「わかりません。まだ、捕まってもいないし、もしかしたらというくらいの話なんです。でも、このところは盗みがあったという話はありません」

「ということは、引っ越したのではないか」

「そいつが、タコを悪事に使うんですかね？」

「タコの話はしてなかったか？」

「それはなかったですね」

「ふうむ」

できるだけ、庄兵衛のほうは見ないようにしていたが、

「女将、勘定」

庄兵衛はそう言って立ち上がった。だいぶ赤い顔になっている。

「あいよ」

そろばんをはじくおごんの尻をタコみたいな手つきで撫で、ぴしゃりと叩かれた。それでも、薄いタコ刺しのようにへらへら笑っている。勘定をして出て行くのを見ながら、

「つけますか?」

雨宮が訊いた。

「今日はいいだろう」

と、桃太郎は言った。あいつが泥棒かもしれないとしたら、ほかに確かめたいことがある。

七

翌日の昼ごろ——。

桃太郎と、狆助を連れた雨宮五十郎は、そば屋のあるじで大家でもある卯右衛門と会っていた。もちろん、今日の雨宮は、定町回りの恰好である。後ろに中間の鎌一も従えている。

「この塀の向こうは、誰の住まいだ？」

桃太郎は、塀に軽く触りながら、卯右衛門に訊いた。

昨夜、雨宮と別れた桃太郎は、このそば屋の裏に来て、タコを入れていた樽の周囲を、提灯の明かりをかざしながら、じっくり調べておいたのだ。

そば屋の裏庭は、庭とはいっても、塀で囲われているわけではなく、低い竹垣と植栽《しょくさい》があるだけで、だれでも乗り越えて入ることができる。だから、樽にタコを入れたり、持ち出したりすることも、わけはないのである。

だが、江戸っ子の常識からしたら、他人の敷地に入って、勝手に樽に手を入れたりすることはなく、泥棒呼ばわりされても文句は言えない。

タコを持ち出したやつは、それをした。だが、なにゆえにタコを増やし、最後は五匹一度に川へ捨てたのか。その謎を解こうというのである。

「ここは、通《とおり》一丁目の〈仙台屋《せんだいや》〉のご隠居がお住まいですよ」

と、卯右衛門は言った。

仙台屋は、綿屋で大店《おおだな》といっていい。隠居家も、それにふさわしく、通り沿いの間口こそ狭いが、奥に長い造りで、百坪近い敷地がありそうである。庭木も繁り、周囲は黒板の一間もありそうな塀で囲まれている。

「あんた、面識は？」

「ええ。ときどき、そばを食べに来てくれてますし、あたしは町役人もしてますから」

「そうだったたな。ちと、盗人《ぬすっと》に狙われていることを教えたほうがいいな」

「そうなので？」

卯右衛門は、目を丸くした。

「タコもそれがらみだよ」

桃太郎がそう言うと、後ろで雨宮が、

「そういうことさ」

と、十手を振った。

「わかりました。それじゃあ、すぐに報せましょう」

「わしらも連れてってくれ」

「わかりました」

と、仙台屋の隠居の家を訪ねた。ただ、鎌一と狆助は、外で待たせることにした。柱や樹木に小便をかけると、やはり駄目だろう。

隠居は七十も後半くらいではないか。足が弱っているらしく、家のなかでも杖をつきながら、玄関口に現われた。

桃太郎が事情を説明すると、

「あたしのところが狙われている？　あたしは、商売から手を引いてだいぶ経っし、ここには、なにも金目のものはありませんよ」

「いや、あるはずだな。そば屋のほうの庭を見せてもらえないかい」

「わかりました。では、こちらに」

と、案内されて、皆で庭のほうに回った。

それほど凝った庭ではない。半分ほどは楓《かえで》や椿《つばき》などの樹木が繁り、もう半分は芝が敷き詰められて、塀沿いに盆栽が並べられている。

樹木は剪定《せんてい》された跡があり、芝も刈り整えられている。

「最近、植木屋を入れたかな？」

と、桃太郎は訊いた。

「ええ。半月ほど前に、近所の植木屋を入れました」

「なんという植木屋だった？」

「ええと、近ごろ小日向のほうから越してきたという……」

「庄兵衛だな」

「あ、そうです」

そのときに、庄兵衛は金目のものを物色したのだ。

塀沿いにゆっくり眺める。紅葉《もみじ》の枝が一つだけ、外にはみ出ている。この枝は、切ってもおかしくはない。

──目印にしたのだ。

その下には、空の植木鉢がいくつか置かれている。丁寧な草木の模様が描かれ、柿色がたいそう美しい。

「この植木鉢はいいものだな？」

「よく、おわかりですね。それを一目でいいものと見破るなんて、たいした鑑定眼ですな」

「なあに」

陶器の鑑定眼ではない。悪事の鑑定眼である。

「じつは、それ、植木鉢じゃないんです。ふつうの鉢なんです。これを植木用に使うという大贅沢でしてね。じつは、有田《ありた》焼きなんです」

「有田焼きねえ」

桃太郎は知らない。

そういう上等な道具の類いには、いっさい興味がない。上等な道具は、使うときに、作法だの儀式だのがつきまとう。

茶も飯も、花を眺めるのも、作法や儀式はいっさいなしで味わいたい。

「金ケ江三兵衛《かながえさんべえ》です」

ご隠居は、胸を張って言った。商売から離れてだいぶ経ち、欲も枯れたはずでも、残っていた物欲がふっと剝《む》き出しになった。

「あいにく、存じ上げないな」

桃太郎は少し嫌みっぽく言った。

「伝説の名工でしてね。好事家《こうずか》が聞いたら、譲れ譲れと騒ぐほどの名品ですよ」

「売れば？」

「そりゃあ、ひとつ三十両は下りません」

桃太郎は、後ろにいた雨宮と卯右衛門を見て、

「これだよ。これをタコ壺みたいにして、タコに潜り込ませ、上から持ち出そう

としたんだ」

と、言った。

「おいらもそう思います」

雨宮がうなずきながら言った。

「最初は一匹でやろうとしたが、なかなか持ち上がらない。それで、どんどん数を増やしたが、結局、タコじゃ駄目だということで、捨てたんだよ」

「ひどい話ですね」

「ああ」

せっかく桃子の友だちになってくれそうだった〈あこたん〉を、盗みの手伝いをさせたあげくにぜんぶ川に放って、殺してしまった。

「許せぬな」

「じゃあ、しょっぴきますか?」

雨宮が腕まくりして訊いた。

「だが、成功したならともかく、しくじってるんだから、知らないと言われたらどうしようもないな」

「そりゃそうですな」

「だが、面白い計画で、成功してもよさそうだったのに、なぜ、失敗したのだろうな」

「たしかに、タコなら喜んで入り込みそうですね」

「ん？」

桃太郎の目が、光った。しゃがみ込んで、地面の土を指でつまんだ。土にしては白っぽく、固まったところもある。舐めてみたそうにしたが、やはりためらって、

「これは塩だな？」

と、ご隠居に訊いた。

「ああ、はい。夏のあいだ、なめくじがやたらと出ましてね。塀沿いにたっぷりまいておいたんですよ」

「このせいだ。タコは塩が嫌いだから、ここへ降りなかったんだ。おかげで、この植木鉢も助かった」

「へえ。じゃあ、植木屋は諦《あきら》めたんですね」

と、雨宮は言った。

「諦めちゃいないだろう。次は、もっと荒っぽいやり方をしてくるだろうな」

「押し込みですか？」

隠居が怯えた顔で訊いた。

「植木鉢をなかに隠したりすると、それもあるな。だが、ここへこうして置いておくなら、そこまでのことはしない」

「置いておきます」

「じゃあ、どう来ます？」

雨宮が訊いた。

「ん？」

塀の一部に目が行った。

「ここに隙間がある」

「ほんとだ」

「削ったんだ。塀を削って、手を入れて取り出すつもりだ」

「そうとわかれば、見張って、手を入れたあたりで捕縛しますか？」

「そうだな」

おそらく今夜も来るはずである。

夜になって――。

雨宮と鎌一と狆助、それに桃太郎が、卯右衛門のそば屋の店内にひそんでいる。

「どうだ、蟹丸は？」

待っている合間に、桃太郎が雨宮に訊いた。又蔵がここに来ていないのは、雨宮の家で、蟹丸の警護をしているからである。

「いやあ、意外でしたよ」

「なにが？」

「愛坂さまがお目をかけただけのことはあると思いました」

「おい。わしは別に目などかけてないぞ」

「そうですか？　いえね、やらなくていいと言ったのですが、ちゃんと飯の支度までしてくれるんですよ。朝飯と晩飯と」

「ほう」

「売れっ子芸者だったのに、なかなかしっかりしてますよ」

「あんた、嫁にしたいなどと思ったんじゃないだろうな？」

「滅相《めっそう》もない。おいらは、あんまり若いのは……」

と、手をぷらぷらさせた。

「じゃあ、幾つくらいがいいんだ？」

そう桃太郎が訊いたとき、狆助がふいに耳をひくひくさせた。

「どうした、狆助？」

雨宮が訊いた。

「ううう」

狆助は前足を踏ん張り、身を低くして唸《うな》っている。大好きな相手をお迎えする態度ではない。

そっと戸を開けて、向こうをのぞくが、人影は見えない。

「来たのか？」

雨宮が訊いた途端、狆助はそば屋を飛び出し、走り出した。

目星をつけていたところとは逆のほうである。

「あれ？」

雨宮が素《す》っ頓狂《とんきょう》な声を出した。

「あっちだ」

桃太郎は、生きものの感覚を信頼する。狆助の跡を追った。

道をぐるっと回った、裏手のほうである。

仙台屋の隠居家の塀に、いまにも潜り込もうとしていた人影があった。

「いた」

「あ」

逃げようとする背中に、狆助が跳びかかった。

「糞《くそ》、この犬！」

人影は狆助を振り落とそうとするが、狆助は着物に嚙《か》みつき、両手でしがみついている。そこへ、鎌一が飛びついた。

人影と鎌一と狆助が地面に転がった。

そこへ雨宮が追いつき、十手で人影の頭を殴りつけ、

「ぎゃっ」

人影が頭を抱えたところをさらに顔を踏みにじり、

「植木屋庄兵衛。神妙にしろ」

と、見得《みえ》を切った。なかからご隠居が出て来て、

「捕まえましたか。ありがとうございます」

と、礼を言った。

「なあに、町方の務めだ」

雨宮はどういうつもりか、十手にふっと息を吹きかけた。

そんな雨宮を見て、

「これで狆助は大丈夫だ」

と、桃太郎が言った。

「え？」

「今宵《こよい》は、狆助のお手柄だろうが」

「あ、そうです」

だが、雨宮は狆助の手柄を奪おうとしていた。

「このことを与力に正直に申し上げれば、狆助は間違いなく、あんたのお供として認められるだろうが」

「そうでした」

「よかったな、狆助」

桃太郎がそう言うと、狆助は嬉しそうに一声鳴いた。

八

その次の晩――。

桃太郎が、階下の朝比奈留三郎《あさひなとめさぶろう》と将棋を指していると、

「ごめんなさいよ」

玄関口に男が立った。

「あんたは……」

桃太郎は眉《まゆ》をひそめた。

なんと、東海屋千吉がやって来たのだ。

路地のほうには子分がいっしょに来ているのだろうが、姿を見せているのは千吉だけである。

「蟹丸姐さんならいないぞ」

桃太郎は言った。

「ええ。それはわかっております」

わかっているということは、ここらを子分に見張らせたりしているのだ。だ

が、ここにいないことはわかっても、まさか、八丁堀の雨宮の役宅に潜んでいるとまでは知らないはずである。

「愛坂さまには、一度、きちんとご挨拶させていただこうと思ってましてね」

「挨拶だと？」

「どうも、以前、ご挨拶させてもらったときは、愛坂さまがご身分を偽っていらしたようなのですが」

「…………」

そうなのだ。箱崎《はこざき》の東海屋の賭場《とば》にもぐり込むとき、遊び人になりすまし、この千吉と会ったのである。それが、いつの間にか、知られていたらしい。

「それで、改めて」

「いや。そのあとの挨拶は、あんたの命を受けた者を通して、すでにあったはずだがな」

「わたしの命を？」

「仔犬の音吉だよ」

「ああ。わたしの命などとんでもない。あれは、わたしを刺した男ですよ」

千吉はぬけぬけと言った。

改めて見てもいい男である。鼻筋が通って、切れ長の目には独特の色気もある。そのくせ、お座敷などでは、羽目を外すようなことはしないらしい。「礼儀正しい」とまで言われているらしい。そこらにも、得体の知れなさがある。

「わしはそうは思っておらぬがな」

桃太郎は、千吉を見据《みす》えて言った。

音吉の調べは、南町奉行所がおこなっているが、東海屋のこともなにも語らないし、なにせ余罪が多過ぎて、この男の裁きは、まだまだかかってしまうらしい。おそらく、音吉はすでに覚悟ができている。なにも吐かずに、首を刎《は》ねられるつもりなのだろう。

「そうですか。それはともかく、お互い、一度、腹を割って話すわけにはいきませんか」

千吉は言った。

「東海屋。わしは、あんたに対して腹の中身など、なんにもないのだ。これは断じて、嘘偽りではない」

「そうですか。そのわりには、いくつかの謎を解かれて、愛坂さまがおられなければ、明らかにならなかったこともあるはずと聞いていますが」

千吉の目が光った。

「それは、図らずも目の前で起きた謎を解いただけのこと。だいたい、わしはやくざの世界のことなど、なんの興味もない」

「では、蟹丸をかばうのは？」

「蟹丸はやくざではあるまい」

「わたしの可愛い妹です」

「可愛い？　だが、蟹丸は怖がっているようだがな」

「それでも妹です」

「わからぬやつだな」

「愛坂さまも」

千吉はたじろがない。

「それとな。その路地からこっちには、今後、あんたも、あんたの手下どももいっさい立ち入らないでもらいたい。次に見かけたときは、遠慮なく刀を抜かせてもらうぞ」

「そうですか。わかりました」

千吉は黙って踵《きびす》を返し、静かに路地を出て行った。

　桃太郎は、思わずため息をついた。

「あいつ、どういうつもりだったのだ？」

　朝比奈が訊いた。

「わからぬ」

　斬ろうと思えば、なんなく斬ることはできた。千吉もこっちの剣の腕については聞いているはずである。

　それでもああして、自ら近づいてきたというのは、どういうことなのか。

　――もしかして、どこかで死を望んでいるのか。

　そういう人間は、じっさいいるのである。自分でしかとわかっているわけではなくとも、自らをどんどん死に追いやるほうへと突き進むやつ。それを、どうしても自分では止められない。

　――そういうやつが、いちばん怖いのだ。

　桃太郎は、じっとりと汗をかいているのに気がついた。なんとも薄気味悪いやつと出遭《であ》ってしまった――と、舌打ちしたい気持ちだった。

第二章　窓辺の男女

一

昼下がり——。

桃太郎と桃子は、今日も近所を散策している。目的はなにもない。面白いものが目についたら近づくし、なにもなかったら、葉っぱでもむしったり、アリと話をして遊ぼうというような、じつにのんきな散策である。

若いころだったら、馬鹿馬鹿しくてやっていられないだろうが、いまはこれが楽しくて仕方ないのだから不思議である。

海賊橋の手前を左に折れて、材木河岸沿いの道を歩いて行くと、大家の卯右衛門とやはり町役人をしている粉屋の徳蔵《とくぞう》という男と、番屋の番太郎と、三人でなにやらひそひそと立ち話をしているのが見えた。なんとなく不穏な気配がある。町内でなにかよからぬことが起きたのだろう。

「おっとっと」

桃太郎は桃子の手を引き、慌てて踵を返した。

余計な相談ごとを持ちかけられたら、桃子と遊ぶ暇が少なくなってしまう。町の揉めごとになど、できるだけ関わりたくない。

ところが、ちょうど空から鳩が降りて来て、卯右衛門たちがいるほうに歩き出した。すると桃子が、

「ぽっぽっぽ、ぽっぽっぽ」

と、自分も鳩みたいな足取りで追いかけ始めてしまった。

「おいおい、桃子。そっちに行ってはいかん」

追いかけるが、桃子はもうかなり早く歩けるようになっている。

「ぽっぽっぽ、ぽっぽっぽ」

「あちゃちゃ……」

たちまち、卯右衛門たちのいるところに近づいてしまった。

桃太郎と目が合うと、

「ふっふっふ。愛坂さま。いま、逃げようとなさいましたでしょう」

と、卯右衛門は嬉しそうに言った。

「え、なんのことだ？」

「おとぼけになってはいけません。ちゃんと見てましたから。でも、桃子ちゃんがこうしてこっちに来たということは、おじじさま、ご近所に困ったことがあるみたいだから、助けてあげたらという、これは桃子ちゃんの無言の訴えみたいなものですな」

「なにを言っているのだ」

「どうぞ、お知恵をお貸しくださいまし」

卯右衛門がそう言うと、結局、鳩に逃げられてしまった桃子が、

「あいあい」

と、ぴったり調子を合わせたように言った。

「ほらね。桃子ちゃんが承知してくれたんですから」

卯右衛門があまりに真剣な顔でそう言うので、桃太郎はつい苦笑し、

「まったくしょうがないな。どうしたんだ？」

と、訊いてしまった。

「じつは、あそこにお武家さまの屋敷がありますでしょう」

卯右衛門は、通り沿いにある五軒ほど先の屋敷を指差した。

「うん、あるな」

町人地にぽつんとある武家屋敷だが、そういうのは別に珍しくはない。

「あの二階の窓で、ずうっと立ちつづけて、通りを見下ろしているお侍がいるんですよ。気味が悪い、怖いという声が相次いでましてね」

「一日中か？」

「夜明けから日没までずうっとです」

「はははあ。そりゃあ気味が悪いな。だが、立っているほうも疲れるだろうが。飯などは、どうしているのだ？」

「適当にしゃがんだりしているので、そのとき、飯を食ったりはしているんじゃないですかね」

「ふうむ」

桃太郎はどうしたものか考えた。だいたい、道のほうから他人の家をのぞくならともかく、自分の屋敷から通りを眺めても、それは勝手というものだろう。だが、冷たく突っぱねるのも可哀そうだという思いで、

「いまもいるのか？」

と、桃太郎は訊いた。

「います」

「では、ちょっと見てみるか」

と言って、桃太郎はいったん長屋にもどり、桃子を母の珠子にもどしてきた。

そういう変なやつに、桃子の姿を見られたくはない。

長屋から引き返し、川沿いの道を一人でゆっくりと歩いた。

顔は前を向けたまま目だけ動かして、当の屋敷の二階に目をやる。目が小豆《あずき》と張り合うくらい小さいので、こういう芸はお手の物である。

――ははあ。

なるほど侍が、腕組みして立って、じっと外を眺めている。ただ、通りを見下ろしているというより、中空にぼんやり目をやっているという感じである。とくに怖がる必要もないような気がする。

若い武士である。まだ、二十四、五といったところだろう。やせて、生真面目そうな表情が窺《うかが》えた。

桃太郎は卯右衛門たちがいるところにもどった。

「いましたでしょう？」

卯右衛門が訊いた。

「まあな。ただ、あれは通りを見下ろしているのではないな」

「そうですか」

「むしろ、ぼんやり景色を見ている感じだ」

「お侍は、危ない感じはしなかったですか？」

「殺気のようなものは、なかったな」

「ああ」

「生真面目そうな男だったな」

「でも、あっしら町人からすると、そういうお侍のほうが怖いんですよね。愛坂さまみたいにくだけたお人だと、町人にもひどいことはしないと感じるんですが」

なんだか、おちゃらけ侍みたいではないか。

「ま、生真面目なのが思いつめると怖いところはあるが、あれはここらの者に暴力をふるうような危害を加えることはないと思うぞ」

桃太郎がそう言うと、卯右衛門たちは顔を見合わせ、

「いや、愛坂さまにそう言っていただけたら、あたしらも安心というものです」

三人は桃太郎に頭を下げた。

二

また長屋にもどり、桃子を連れ出して散策していると、今度は雨宮五十郎たちと行き会った。雨宮は上司らしい男といっしょで、やけに緊張している。

「ちょうどよかったです。いま、お宅にお伺いするところでした」

「そうなのか」

「愛坂さま。こちらは……」

「南町奉行所の町回り方与力をしております松島凡太郎《まつしまぼんたろう》です。愛坂さまのことは、ずっとお聞きしていて、もっと早くにご挨拶に伺うべきだったのですが」

自分から名乗った。

歳は五十くらいか。いかにも町方の要である与力らしい風格もある。

「なに、そんなことは」

「この雨宮をいつも助けていただいているうえに、犬を使うことも、お勧めいただいたようで」

「いや、あれは」

雨宮が言い出したのではなかったか。

「わたしは、犬になど頼るのはみっともないと反対したのですが、確かに犬の能力は役に立つと思い直しまして」

「さようか」

想像していたより頑固な人間ではないらしい。

「今後とも、いろいろご教示いただければありがたいです」

「あいわかった」

と、言わざるを得ない。

「それで、今日は挨拶かたがたご相談もしたくて。愛坂さまもご承知だそうですが、例のやくざどもの騒ぎ」

「ああ、あれな」

子どもを遊ばせながら聞く話ではないが、桃子には硬い煎餅《せんべい》を与えて、歩き回らないようにさせた。これを与えると、嚙むのと舐めるので、足の動きは止まるのだ。

「どうにも収まらなくなってきていまして。銀次郎がいかに子分たちをおとなしくさせていたか、痛感しています」

「そうだな」

むやみに威張ったりする男ではなかったが、やはり、大親分としての貫禄があったのだろう。

「いままで銀次郎に従っていた連中の、およそ半分は、東海屋千吉を担ぐのに納得しているようです」

「半分か」

桃太郎からしたら、これだけ短いあいだに半分も支配できたのは、たいしたものだと思う。だが、やくざの世界では、半分というのは争いの元になるだけだろう。

「あとの半分は、新しい親分を担ごうと、右往左往していまして」

そこらの動きは、雨宮からも聞いていた。

「目玉の三次の動きはどうなんだ？」

「そっちも、意外なことになってきましてね」

「ほう」

「やっぱりやくざってのは血が騒ぐんでしょうね。こうなると三次のところから も、中堅にいる親分たちが、銀次郎の縄張りにちょっかいを出して、あわよくば 銀次郎の後釜に座ろうかってなもんで」

「それはひどいな」

「ええ。ですので、近ごろは毎晩、江戸のどこかでやくざの抗争がおこなわれて います」

「なるほど」

昨夜も、日本橋のほうで、騒ぎ声や、町方の呼子《よびこ》の音が聞こえていた。あれ も、その抗争だったのだろう。

「江戸ってところは、無宿人が流れ込んできますから、やくざも増える一方でし てね。逆に町方は数が知れてますし」

「そうだな」

南北町奉行所には、それぞれ数百人しかいない。雨宮もその一人である定町回 りの同心にいたっては、南北それぞれ六人だけである。江戸の治安は、町人の自 治と、大名や旗本が出している辻番が頼りなのだ。

ちなみに町人地には、同心の手下になる岡っ引きが、江戸にはおよそ五百人ほどいる。ところが、この連中は、半分やくざに足を突っ込んだような連中なので、こういう事態になると、あまり頼りにはならないのだ。

「それで、愛坂さまのことは以前から耳にしておりまして。悪を懲《こ》らしめるのに、たいそうな名案を思い付かれると」

「そうでもないさ」

自信はあるが、いちおう謙遜《けんそん》もする。年寄りの自慢はみっともない。

「いいえ。それで、このたびもぜひ、なにかお知恵をお借りできないかと」

「抗争を鎮める知恵ねえ」

町名主の喜多村彦右衛門《きたむらひこえもん》などは、東海屋千吉をうまく使おうとしているようだったが、やはりあいつには荷が重かった。であれば……。

閃《ひらめ》いた。

「千吉より人望も実績もあるような男はおらぬのかね」

桃太郎はそう言って、与力の松島を見た。

「人望と実績ですか」

「やくざもそれは大事だろうが」

松島は、そんなことは考えたことがなかったらしく、しばらく首をかしげてい

たが、

「あ」

と、手を叩いた。

「いるのか？」

「一人、思い出しました。ああ、でも、たぶんもう死んでいると思います」

「歳がいっているのか？」

「いま、五十くらいですか」

「だったら生きているだろう」

桃太郎もまだ五十六だが、こうして元気に孫に遊んでもらっている。

「二十年前にお縄になりましてね、以来、娑婆《しゃば》には出て来ていないはずです」

「そうか」

牢に入ると、まず長生きはできない。劣悪な環境や、滋養の不足で、病に倒れる者は多いのだ。

「臥煙《がえん》の虎蔵《とらぞう》といいました」

「臥煙の虎蔵……」

いい綽名《あだな》ではないか。臥煙というのは、火消しのことで、江戸で人気の商売である。

「れっきとしたやくざでしたが、〈い組〉の火消しも兼ねていました。纏持《まといも》ちじゃなかったですね。捕まったのは、喧嘩で町の悪たれを二人殺したためでした。ただ、ちょうどその前夜に、火事のさなか三人を助けていましてね」

「ほう」

「助けられた三人の嘆願《たんがん》もあって、死罪は免れたのです。あのころ、すでに銀次郎の右腕のような存在になっていましたから、いまも虎蔵を覚えている者はいるんじゃないでしょうか」

「生きてりゃ、後釜にふさわしそうだな」

「調べてみます。いやあ、意外な筋を示唆していただきまして、さすがに愛坂さま」

松島と雨宮たちは、急いで奉行所にもどって行った。

三

そろそろ長屋にもどろうと思ったが、桃子はまだ遊び足りないらしく、鳩とスズメを交互に追いかけている。まったく子どもというのは、疲れを知らない。掘割には柵などないので、近づくたびに落ちないよう、前に回り込んだり、手を差し伸べたりしなければならず、桃太郎はへとへとになる。

「そうだ、桃子。ぽっぽさんに餌をやろう」

餌やりなら、あまり動かなくて済むのである。桃太郎は、たもとに入れていた煎餅を、細かく砕き、桃子に与えた。

「ぽっぽさんにぽい」

一粒、鳩がいるあたりに投げると、すぐに寄って来て食べた。

「ぽっぽしゃん、ぽい」

桃子も真似をする。

そのうち、四羽、五羽と集まってきた。

「きゃははは」

桃子は大喜びである。

桃子が喜べば、桃太郎も大喜びである。祖父と孫のなんと楽しいひとときであることか。

「もし」

と、後ろから声がかかった。

「ん？」

振り向くと、若い武士がいた。なんと、あの、いつも窓辺にいる武士ではないか。

「あの、まことに申し訳ないのですが」

「なんだな？」

「ここで鳩に餌を与えないでもらいたいのです」

武士は、恐縮したようすで言った。

「子どものすることだが」

「相済みません。これで、ご勘弁を」

と、金子《きんす》を差し出した。

「そんなものは、いらんよ」

「だが、ぜひともここで餌をやるのはご勘弁いただきたいのです」

「……………」

武士は必死の顔である。

こういう顔の男は、あまり追い詰めないほうがいい。

「わかった、いいだろう」

と、桃太郎はうなずき、

「桃子。ここでぽっぽさんに餌をやっちゃ駄目だとさ」

嫌みっぽく言って、桃子を抱き上げた。

一瞬、毎日、窓辺でなにを見ているのか訊いてみようかと思った。どうせ訊いても本当のことは言わないだろうが、それでも反応はなにかしらの手がかりになる。

だが、桃子を見られてしまったので、それは我慢した。桃子に敵意を向けられたりしたら、大変である。

「さ、あっちに行くぞ」

と、海賊橋のほうに引き返した。

ところが、その途中――。

武士の屋敷から五軒ほど離れた町人の家の窓に、女が立っていた。

若い娘である。

――おいおい。

娘は、あの侍と同じように窓の外の景色をじいっと見ているではないか。

いったいなにがあるのだと気にはなったが、もう関わりたくない。

そのまま通り過ぎたとき、わきの道から赤い顔をした男二人がやって来て、ふと娘のいる窓を見上げ、

「おい、まだいるよ」

「ほんとだ」

「向こうは侍。こっちは姐ちゃん。いったい、なに見てんだか」

などと、二人は騒ぎ出した。

見覚えのある男たちである。裏の長屋で、駕籠《かご》かきをしている兄弟で、八公《はちこう》と三公《さんこう》と呼ばれている男たちだった。今日は、昼から二人で酒を飲み、いい調子になってしまったらしい。

桃太郎が、海賊橋のほうまでもどって振り返ると、二人はまだ、娘のいる窓の下で、大声を上げている。

「おい、姐ちゃん。そんなとこで、なに、見てんだよ」

兄貴の八公が声をかけた。

「……………」

「見下ろされてるってのは、いい気分じゃねえな」

娘は、下からかけられる声を無視していたが、あまりしつこいので、

「うるさい。あっちに行け」

前を見たまま言った。

「おや、可愛い面《つら》してるけど、やけに威勢がいいじゃねえか」

三公が言った。

「薄汚いおやじは見たくない。早く消えろ」

娘はさらに言った。

「なあんだと？　おいおい、おれたちは日本橋界隈じゃちょっと名の知れた竜《りゅう》助《すけ》駕籠の兄弟だぞ。おれたちに、あんまりでかい口は利かないほうがいいなあ」

「じゃあ、お願い。とっとと消えて」

「うーん。なあんか、その言い方も引っかかるなあ」

酒が入っているからしつこい。

「しまいには、痛い目に遭うよ」

「面白《おもしれ》え。おれたちも一度、痛い目ってのに遭ってみたかったんだ」

「そうなの」

娘は、後ろにいたもう一人と代わったらしく、下に降りて来たではないか。

色の黒い、わりと大柄な娘である。

「うるさいね。ほんとに痛い目に遭わせるよ」

「ぬぁんだとぉ」

八公が顔を近づけると、思い切り頬を張られた。

「あ、この野郎」

八公はカッとなって、殴りかかった。

だが、娘はのけぞるようにしてかわすと、同時に手首を摑み、体を入れ替えながら、わきにいた三公の金的を思い切り蹴り上げた。

「ぐぇっ」

三公が、痛みのあまりかがみこんだところに、膝の蹴りを顔面に炸裂《さくれつ》させた。

「むぎゅっ」

と、崩れ落ちるのを見ながら、娘は摑んでいた八公の腕の逆を取るように、もう一方の手をあてがいながら、足を払った。

八公は、宙をくるりと回転すると、地面に叩きつけられていた。

たいした技である。

娘は、地面に横たわった二人をよそに、早口でなにか言うと、さっさと家のなかに入ってしまった。

駕籠屋の八公と三公は、のそのそと起き上がると、痛むところをさすりながら、こっちに歩いて来た。

「おい、大丈夫か？」

桃太郎は訊いた。

「いやあ、強《つえ》えのなんのって。なんなんですかね、あの女は」

八公が怯えた顔で言った。

「最後になにか言われていたな？」

「ええ。殺すことだってできるんだよと言われました。怖かったですよ」

「ま、元は、からかったお前たちが悪いんだ。文句は言えぬだろう」

「それはわかってますけどね。でも、ありゃ、何者なんです？」

「さあな」

桃太郎も、首をかしげるしかない。

四

翌朝——。

魚市場で朝飯を済ませてもどって来ると、雨宮が来ていた。与力の松島凡太郎と、なんと町名主の喜多村彦右衛門もいっしょである。

「臥煙の虎蔵は生きてました」

と、松島が言った。

「ほう」

「しばらくは小伝馬町《こてんまちよう》の牢屋敷にいたんですが、そこから石川島《いしかわじま》の人足寄場に行きましてね。そこで、梯子《はしご》造りを学び、逆に教える側になったらしいんです」

「梯子造りか」

「あれも、難しいところはあるみたいですね。とにかく、頑丈で長い梯子を造ることにかけては、名人といわれるほどになったそうです。じつは、いま、江戸の火消し衆が使っている長梯子の三割くらいは、この虎蔵が造っているんだそうです」

「そりゃあ、たいしたもんだ」

「教え方もうまく、寄場じゃ皆に尊敬されているみたいです」

「なるほど」

「それで、わたしは喜多村さんにもお報せして、愛坂さまの案を話しますと、それはいい考えだと言ってもらいましてね」

「そうなのです」

喜多村がうなずいて、

「それで、わたしのほうでも何人かのやくざに、虎蔵のことを知っているかと訊いてみました。すると、知っているどころか、いまや伝説のやくざになってました」

「ほう」

「試しに牢にいる仔犬の音吉にも訊いてみると、ギョッとした顔をして、『まだ生きてたんですか』と訊きましたよ。やはり、かなり知られた男だったみたいです」

と、松島が言った。

「ならば、まずはその虎蔵とぜひ会ってみるべきだろうな」

桃太郎は言った。

「そこで、お願いなのですが、愛坂さま。いっしょに会ってもらえませぬか」

松島凡太郎が、肩をすくめて言った。

「わしが？」

「こう言っては失礼なのですが、あの手の者に近い……いや、そうではない、気持ちがわかるというか、要は人間としての懐の深さなのでしょうが……」

言い方に苦慮している。要は、羽目を外した侍とか、与太者《よたもの》に近い侍とかは、当人を前にしては言いにくいのだろう。

「いいだろう。わしが言い出しっぺだ」

と、桃太郎が臥煙の虎蔵と会うことになった。

そのまま舟を拾って、石川島に渡った。

さすがに、町方の与力は表に出られない。もしも、虎蔵が銀次郎の後釜に座ったとき、町方の与力が頼んで親分になってもらったという負い目を感じたりしたら、やはりまずいのである。

そこで、松島は別室で待ち、桃太郎と、喜多村彦右衛門と、雨宮五十郎の三人が会った。雨宮あたりだと、やくざの親分にいくらか負い目があってもかまわないのだろう。身分に加え、この男の性根が、負い目を負い目と感じないところもある。

もっとも、話のほうは喜多村と桃太郎が引き受けることになった。

「こちらは元お目付の愛坂桃太郎さまとおっしゃる方なんだが、以前、銀次郎親分とも面識はあったし、いま、起きている騒ぎのことでも、ずいぶん解決に尽力なさっているんだ。それで、新しい後釜を捜すという案も出していただいてね」

と、喜多村が桃太郎を紹介した。

「そりゃどうも」

虎蔵は、当たり障りのない挨拶をした。たしかに、いきなり元目付なんてのに出て来られても、訳がわからないだろう。

「それで、寄場奉行の行方源兵衛《なめがたげんべえ》さまに訊いたら、虎蔵さんはここでは梯子造りの棟梁《とうりよう》として、なくてはならない人になっていると言われてね。もしかしたら、もう娑婆にもどる気はないのかもしれないって」

と、喜多村は言った。

「気がないというよりは、もどれるのかという気持ちが強いかもしれませんね」

「家族は？」

「女はいましたが、家族ってほどのもんじゃありません。もとは上州《じょうしゅう》からのあぶれ者で、親はもう、この世にいねえでしょうし」

「それで、いまのやくざの抗争についてなんだがね」

「あらましは、お奉行さまからお聞きしています。銀次郎親分が江戸橋の鱒蔵に殺されたというのには驚きました」

「鱒蔵は、あんたの弟分だったらしいね」

「そうなりますかね」

「あんたがお縄になっていなかったら、銀次郎の跡目はあんたが継いでいたんだろう？」

「それはわかりませんよ」

「継いでくれないかい？　それで、いまの騒ぎを収めてもらえないだろうか？」

と、喜多村は身を乗り出すようにして訊いた。

虎蔵は、しばし考えにふけるように俯《うつむ》いていたが、

「やくざってのは、悲しいやつらでね。あの世界から離れてつくづく思いました」

と、顔を上げて言った。

「そういう人に、銀次郎の跡目を継げというのは、酷な話かな」

桃太郎はそう言ったが、

「このままだと、江戸はますます混乱し、あちこちで死人も続出するだろうね。しかも、やくざの世界に首を突っ込んだばかりの若い者たちが」

と、喜多村が言った。

虎蔵は、静かな声で、

「町名主さまたちがおれに会いたがっていると聞いて、もしかしたらそういう話ではとは思ってました。近ごろ、小伝馬町から回ってきたばかりの若い者に、いろいろ話は聞いてましたので」

と、言った。察しも頭もよさそうだった。

「そうだったかい」

虎蔵は、しばし考えてから、

「……目玉の三次に会いましょうか？」

と、言った。

「会ったことはあるのかい？」

喜多村が驚いて訊いた。

「もちろんです。若いころに、あいつとはしのぎを削りましたし、一触即発という場面も何度かありました」

「ほう」

「三次があたしを後釜として認めるなら、騒ぎは抑えられるかもしれません」

桃太郎は喜多村を見た。もしも、三次と虎蔵のあいだで話がつけば、江戸のやくざの揉めごとは、きれいに収まるのではないか。

「わかった。手配するよ」

と、喜多村が約束した。

「娑婆かあ」

ふいに虎蔵が感慨深げに言った。

「出たらなにがしたい?」

と、桃太郎が訊いた。

「そうですね。生きものを飼ってみたいですね」

「ほう。生きものを?」

「意外ですか?」

「いや。わかる気がするよ」

と、桃太郎はうなずいた。

五

三次と虎蔵の話し合いにも、なぜか桃太郎が立ち会うことを約束させられた。ここまで付き合ったら、仕舞いまで付き合うのも仕方がないかもしれない。いろいろ手配は喜多村たちがしてくれるので、桃太郎は一人、坂本町《さかもとちょう》へ引き返すことにした。

「生きものを飼ってみたい」

という虎蔵の言葉がきっかけになって、桃太郎は道々、自分がいままでに飼った生きもののことを思い出していた。

生きもの好きだから、心のやさしい人間とは限らない。やくざの虎蔵も、そして「ワル」と言われてきた自分も、生きものが好きなのだから。

ただ、生きものに無意味にひどいことをするやつは、明らかに性根が病んでいるか、腐っている。

――最初に飼ったのは、犬だったか、猫だったか。

猫はもともと祖母が飼っていて、屋敷にはいつも何匹かの猫がいた。黒猫だけが三匹いたときがあって、そのうちの二匹は、いつも桃太郎の部屋で寝ていた。夜は闇のなかに目だけが光り、しかも四つの目がばらばらになって、くっついたり離れたり、ぐるぐる回ったりしていたのも覚えている。あれは夢だったのか。

珠子の家でも黒猫を飼っているので、桃子も同じような思いをしているのではないか。ほかに、茶虎や白、雉《きじ》、三毛《みけ》などもいた。いまも、屋敷のどこかに二、三匹はいるはずである。

犬のほうは桃太郎がねだって飼うようになったのではないか。十二、三のころ、甲斐《かい》の武田《たけだ》家が忍者犬を活用したという記録を読み、甲斐犬を捜して、飼ったことがある。ほんとの忍者犬は、もっぱら伝令役を務めたらしいが、桃太郎が育てた甲斐犬の〈信玄《しんげん》〉は、待ち伏せされていそうなときに連れ歩いて、大いに役立った。信玄は十五年ほど生きて亡くなったが、甲斐犬はまた飼ってみたい。

犬猫のほかには、馬はもちろん、去年からは牛も飼っている。

また、鳥もいろいろ飼った。可愛かったのはフクロウで、巣から落ちていた仔を持ち帰って育てたのだが、大きくなっても、しばらくは屋敷のなかの林をねぐらにして、夜、桃太郎に鳴き声を聞かせてくれていた。

鳩も飼ったことがあった。あれは、十になる前ではなかったか。鳩とはよく遊んだ覚えがある。

――あれは、なにをして遊んだのだったかな？

なかなか思い出せない。そのうち、鳩のことがやけに気になってきた。

坂本町の手前まで来ていたが、長屋にもどらず、駿河台の屋敷に行ってみることにした。まだ、鳩小屋は残っているだろうか。

門のところには中間の松蔵《まつぞう》がいて、

「おや、旦那さま。わざわざ、乳を取りに？」

「そうではない。ちと、昔の記憶をたぐりたくてな。うちに、鳩小屋があったよな」

「ああ。あれは、だいぶ前に壊してしまいましたよ」

「そうか。どこにあったんだっけ？」

「馬小屋の裏のところです」

「あ、そうだ、そうだ」

桃太郎は思い出して、馬小屋の裏に向かった。

軒下のあたりの梁《はり》が、かすかに白っぽくなっている。鳩の糞《ふん》の跡である。

——そうだ。ここで五羽ほど飼っていて、ときどき放したりしていたのだ。

空を見上げると、鳩が旋回していたようすがよみがえった。

鳩というのは、小屋から出て、空に放しても、しばらく飛び回ったりしているが、そのうちちゃんと小屋にもどって来るのである。

自分の家を覚えているのかと不思議に思い、そのうち濠を挟んだ向こうの神田《かんだ》明神《みようじん》あたりまで持って行き、放してみた。すると、やはりもどって来た。なにを目印にしているのかと、不思議だった。

それではと、だんだん遠くまで持って行った。

不忍池《しのばずのいけ》のほとり。両国広小路《りようごくひろこうじ》。深川の須崎《すざき》神社まで籠《かご》に入れて持って行ったこともある。鳩はどんなに遠くても、迷うことなくもどって来る。

それから思いついて、鳩に伝言を持たせることにした。

つまり、友人に籠に入れた鳩を渡し、文を書いた紙を足に結んで、放すように頼んだのである。

これもうまくいき、しばらくはこの遊びに夢中になったものだった。

そこまで思い出し、

――もしかして、あいつらはもどって来る鳩を見ているのではないか。

桃太郎はそう閃いた。

あの屋敷にも、やたらと強い娘がいた家にも、鳩の小屋などはなかった。

だが、すぐわきにある大名屋敷――あそこは、丹波綾部《たんばあやべ》藩の九鬼《くき》家の上屋敷だから、そこには鳩小屋もあるかもしれない。

そして、そこへ帰って来る鳩を見張っているとしたら、ああしてずっと中空を見つめる理由になりそうである。

――そうか、そうか。

桃太郎は、この思いつきに嬉しくなり、さっそく坂本町にもどって、九鬼家の屋敷のようすを確かめたくなった。

馬小屋の裏から、母屋のほうにもどって来ると、

「おや、いらしてたのですか？」

廊下から、妻の千賀が声をかけてきた。

「ああ、あんたか」

別にこそこそしていたわけではないので、ニヤッと笑い、

「ちと、昔のことで確かめたいものがあったのでな」

「お若いときの着物は、皆、孫たちのために仕立て直しましたよ」

「着物じゃないさ」

「では、玩具《おもちゃ》かなにか？」

「玩具でもない。鳩小屋を見に来たのさ」

「鳩小屋？」

千賀は、そんなものあったかしらというように首をかしげると、

「ところで、善吾《ぜんご》ですが」

そう言いながら、下駄を履き、桃太郎のところに来た。

善吾というのは、いちばん上の孫で、失敬なことに、素行の悪さは祖父ゆずりだとか言われているらしい。

「善吾がどうかしたか？」

「お前さまに説教されたのが、だいぶ効いたみたいで、近ごろはずいぶん素直になりましたよ」

「わしは説教などしておらぬぞ」

「そうなんですか？」

「善吾は自分で学んだのさ。そもそも人というのは、自分で学ばないと、なにも

身につかぬものなのさ」

われながら、いい台詞を言った気がした。

だが、妻というのは、夫の台詞にはなんとしても感心したくないらしい。

「では、お前さまも、まだまだ学ばないといけませんね」

「……」

牛小屋に行って乳をもらったら、すぐに帰ることにした。

坂本町にもどると、九鬼家の上屋敷を見に行った。塀の外から眺めると、この東側は母屋ではなく、馬小屋などがあるらしい。塀に背を預け、耳を澄ますと、なかから、
クックウ、クックウ。

という、鳴き声が聞こえた。

――鳩小屋があるのだ。

それから、武家屋敷とやたらに強い女がいる家を確認する。二人はいまも窓から外を見ている。あそこで見ていれば、上空から九鬼家の鳩小屋に降りて来る鳩を見定めることができるはずである。

——間違いない。

桃太郎は確信した。

あの二人は、別々に鳩の伝言を見張っているのだ。それがどういう伝言なのかは知るよしはないが、どうせ大名屋敷のなかのことで、町人たちには関係ないのである。

——ここは見て見ぬふりをするしかない。

桃太郎がそう思った矢先だった。

六

「父上」

後ろから声がかかった。

なんと倅《せがれ》の愛坂仁吾《じんご》が立っていたではないか。

「なんだ、そなたか」

いっしょに、なんとなく見覚えのある若い目付と、家来が一人ずついる。

仁吾は、思ったより怪我の治りは早いらしく、ほとんどわからないくらいしっかり立っている。

「おやじだよ」

と、若い目付に言うと、

「ええ。見習いのとき、一度だけ、ご挨拶させていただきました」

「そうだったかい」

顔はぼんやり記憶にあったが、名前などはすっかり忘れている。

「それに、愛坂さまのお話は、父からずいぶん伺っておりました」

「お父上は？」

「小谷貫左衛門《こたにかんざえもん》でございます。わたしは矢惣次《やそうじ》と申します」

「なんだ、小谷さんのご子息か」

小谷貫左衛門は、手槍の名人で、いざ突撃というときは、必ず先頭に出た頼りになる男だったが、調べのほうは慎重に慎重を重ねるやり方で、荒っぽい調べをする桃太郎はずいぶん諫《いさ》められたりもしたものだった。

「さぞや呆れていただろうな」

「いえ、思いがけない方向から調べるので、凄いと感心しておりまして」

それはまあ、お世辞というものだろう。

「ところで、そなた、なにをしておる？」

と、桃太郎は仁吾に訊いた。

「父上は黒毛半右衛門《くろげはんえもん》をご存じですよね」

「もちろんだ。あやつにはずいぶん振り回されたからな」

五千石ほどの知行を持つ大身《たいしん》の旗本で、かつては中奥《なかおく》御小姓をしていたが、やらなくていいことばかりするので、ご老中たちの顰蹙《ひんしゅく》を買い、無役《むやく》になった。それでも、なんやかやと、ろくでもないことをしでかしては、目付側とは、険悪な仲になっていた。

ただ、半右衛門自身は、狂暴な性格ではないため荒事にまで発展することは少なかった。が、旗本としてはきわめてよろしくないことに手を出してきた。

たとえば、ねずみ講まがいの土地開墾を企んだこともあれば、犬の駆けっこに金を賭けさせるため、大掛かりな〈犬走場〉というのをつくったこともあった。

あるいは、薬屋をそそのかして、〈馬鹿に効く薬〉というのを大々的に売り出させたこともあったし、とある神社から家の呪いを払うという七宝《しっぽう》焼きの表札を売らせたこともある。その他、もろもろである。

これらはいずれも大儲けをしたのだが、目付側が没収したので、手元にはほとんど残らなかったはずである。

「まだ、あの手のくだらないことをやっているのか？」

「やっているのです」

「今度はなんだ？」

「なんと言いますか、大げさに言うと、大名家の乗っ取りですかね」

「それはまた」

「控えめに言うと、婚姻詐欺ですか」

「婚姻詐欺……まさか、相手は……」

　桃太郎の頭のなかを、鳩が横切った。

「なんです？」

「そこの九鬼家に対してか？」

「そうなのです。父上、なにかご存じで？」

「存じているというほどではないが、なにか起きているのは感じていた。でも、黒毛半右衛門もいい歳だろうが」

「ええ。七十二になりました」

「だったら、少しはおとなしくなってくれてもよさそうだがな」

「それが、今度のは、知恵は半右衛門が出していますが、動いているのは次男の半蔵《はんぞう》というやつなんです。こいつは、おやじと違って、刀に物を言わせるのも辞さないというやつでして」

「ふうむ」

「詳しくお話ししましょうか？　父上の知っていることも教えていただきたいし」

「うむ。ちと、待て」

ここだと、珠子とばったり出くわすかもしれない。珠子はそんなことはなんともないだろうが、桃子がいっしょだったりすると、仁吾のほうが動揺するだろう。相変わらず妻の富茂には秘密にしている手前、父親の名乗りはできないはずである。その動揺ぶりを、あまり見たくない。

「ここは、まずいのだ。向こう岸から見張りながら話そう」

と、ぐるっと海賊橋を回り、対岸へと来た。真向かいに、九鬼家の屋敷も、中空を眺めている武士と娘も見えている。あいだに柳の木があるので、桃太郎たちのことは気がつきにくいだろう。

「それで、黒毛の殿さまは、なにをしでかそうとしてるんだ？」

と、桃太郎は改めて訊いた。

「お世継ぎの問題がからむのですよ」

「おなじみの騒ぎだわな」

と、桃太郎はうんざりしたように言った。

旗本でも、八千石や九千石といった、大名に近い知行持ちになると、そういった騒ぎは必ず起きていた。

その陰には、派閥争いが潜んでいる。

男たちというのは、数が増えるほど、必ず派閥というのができてくる。それが互いに切磋琢磨《せっさたくま》するだけならいいが、そんなはずはない。諍《いさか》いが起き、しまいには相手の派閥をつぶそうとする。

隠居した目から見ると、そういうのはじつにくだらない。派閥争いなどというのは、つくづく馬鹿のすることだと思う。

「九鬼家のご当代の側室が出産間近なんです」

と、仁吾はつづけた。

「初めての子か？」

「そうなのです」

「側室は、上屋敷にはおらぬわな?」

「深川の下屋敷にいます。ところが、数年前から国許と一部の江戸の藩士たちのあいだでは、養子縁組の話が進んでいました」

「だが、殿さまは、嫡子《ちゃくし》に譲りたいわな」

「ええ。しかし正室は、実家に縁のある養子に譲りたいらしいのです。側室には、もちろん嫉妬心があるでしょうから」

「その養子は、黒毛家が突っ込んだのか?」

「半右衛門の孫ですよ」

「おやおや」

もっとも、半右衛門の血筋はなかなかたいしたものなのである。おもに代々の妻のほうだが、将軍家や天皇家から入ったお方が何人もおられるのだ。何度も騒ぎを起こしながらも、改易を免れてきたのも、そのお血筋のおかげだった。

「それでは、首を突っ込むなというのは無理か」

そういうことは誰でもしていることである。

「ところが、その孫というのが怪しいことになっているんですよ。おそらく、半右衛門が別につくっていた孫。半右衛門は、養子で入っていますので、そうなると将軍家の血も、天皇家の血も入っていません」

「そうなのか」

　であれば、まさに詐欺になる。

「ところが、証拠があやふやなのです」

「ははあ」

　そもそも、この手の話は、はっきりした証拠というのは出て来ないのが常である。

「目付全体というより、評定所の会議でも、黒毛のところはいい加減、改易にしてしまおうという意見でしてね。なにせ、あれくらい素行が悪いと、お血筋のほうでも見放したようです」

「そりゃそうだわな」

「それで鳩か」

　と、桃太郎はうなずき、

「鳩ですか？」

　と、手を叩いた。

「じつはな……」

窓辺で見張る武士と女の話をかんたんにした。

「そんなことがあったのですか」

「おそらく、子どもが生まれると、すぐに鳩の伝言が下屋敷からこっちに運ばれて来るのだろうな」

「鳩がそんなことをできるとは、知りませんでした」

「ま、お庭番あたりしか知るまいがな」

桃太郎は自慢した。

「その報せは、男子か女子かの報せですね」

「そうだろうな」

「もし、男子であれば……刺客が出るのですね」

「いやあ、そこまではせんだろう」

おそらく、武家屋敷は黒毛の縁者の家で、見張っている侍は、黒毛の命を受けているのだろう。

あの男は、どう見ても、刺客には見えない。荒事とは別の手を打つのだろう。

それで、町人の家の二階にいたのが、九鬼家側の女密偵なのだ。女のほうは、刺客を出されるのを警戒して、鳩と若い侍の、両方の動きを見張っているのに違いない。

「だが、生まれたのが女だったら？」

と、仁吾が訊いた。

「それは養子の話がすんなり通るから、黒毛もなにもするまい」

「どうなりますかね」

と、仁吾は腕組みした。

「どうなりますかではあるまい。どうするかだろうが」

桃太郎は呆れたように言った。

「と言いますと？」

「わしなら、誘いをかけるな」

「誘い？」

「こっちを襲わせるようにするのよ。目付に斬ってかかるようなことがあれば、改易に持っていくのも簡単だろうが」

これには、小谷矢惣次も驚いて、

「さすがに愛坂さま！」

「いや、さすがじゃないよ」

と、仁吾は顔をしかめた。

「では、そなたになにか打つ手はあるのか？」

桃太郎は仁吾に訊いた。

「いまのところは」

すると、小谷矢惣次が、

「愛坂さん。われらも、お父上の手法にならいましょうよ」

「ううむ」

と、仁吾は唸り、

「父上は、具体的にはどうなさろうとお考えで？」

「そうだな……」

桃太郎は思案をめぐらした。

悪だくみを思いつくことなら、決して黒毛半右衛門になど負けはしない。

「黒毛は相変わらず、町中をうろうろしているのか？」

「それは相変わらずです」

黒毛は、町を歩き回っては、ふとしたところからろくでもない悪事の案を思いつくらしいのだ。それは、ある種の才能といってもいいだろう。

「だったら、外で黒毛を捕まえたいな」

「外で？」

「わしが、久しぶりに会って、一人であやつを怒らせるのさ」

桃太郎は相手をからかって怒らせようと思ったら、いくらでも怒らせることができる。

「黒毛はいつも家来を二、三人、連れていますよ。ましてや、最近は血の気の多い次男がいっしょにいることが多いです」

「だから？」

「いきなり斬りつけてくるかもしれません」

「なおさらけっこうだよ。それで刀を抜かせたあたりで、小谷さんに登場してもらうか。そのときは目付だと名乗ってもらおう。連中はもう引っ込みがつかなくなっているし、こっちはたった二人と甘く見て、斬りかかってくる。そこで、伏兵がいっせいに飛び出すという筋書きさ」

「なんと大胆な……」

小谷矢惣次は、半ば呆れ、半ばやる気をみなぎらせて言った。

「黒毛の屋敷は蠣殻河岸《かきがらがし》のあたりだろうが」

「そうです」

「ここからだと、鎧ノ渡し《よろいのわた》で向こうに渡ればすぐだ」

桃太郎は、その方角を顎でしゃくった。

七

「そなたは……」

黒毛半右衛門は目を瞠った。

「これは黒毛さん。久しぶりですな」

桃太郎はしらばくれて言った。偶然を装ったが、屋敷の近くで帰りを待ったのである。黒毛は昼のうち町を歩き、夕方に屋敷にもどるのが常であった。

黒毛は露骨なくらい顔をしかめ、

「何年経っても二度と会いたくないやつはいるが、お前はその筆頭だ」

と、言った。

黒毛の後ろには、三人の武士がいるが、あるじの台詞に合わせるように、いっせいに嫌な顔をした。

「そうですか。わたしはときどき、黒毛さんに会いたくなってましたがね」

桃太郎は、ニヤニヤしながら言った。この笑い方が、相手にものすごく嫌な感じを与えることは、自分でもよく知っている。世の中に悪党を怒らせて遊ぶことより面白いものは、なかなかないだろう。

「お前、まさか、まだ目付を？」

黒毛は訊いた。

「いえいえ。とうに隠居の身ですよ」

「だが、そなたのことだから、おとなしく隠居などしていられぬだろう」

「当たりましたな」

「なにをしておる？」

「目付のときにいろいろ探ったことをネタに、ちょっとしたこづかい稼ぎをしてましてね」

いかにもここに金が入っているように、たもとをぱたぱた叩いてみせた。こういう小芝居をするのは大好きである。

「下郎のすることだな。もっとも、そなたにはふさわしいがな」

「それは、どうも。だが、黒毛さんのことも、いろいろ耳に入ってきてますぞ」

「わしのこと？」

と、すぐ後ろにいる若い武士を見た。

これが、腕にものを言わせるのが好きな次男らしい。そういえば、顔もよく似ている。

「このたびはなにやら、九鬼家の相続に尽力なさっているみたいですな」

「なにが悪い」

「巷《ちまた》で騒ぎを起こしかねないようで」

「そんなことはせぬさ」

「ですが、旗本が大名家の相続に首を突っ込むというのは、あまりよろしくないのでは？」

「馬鹿を言え。九鬼家が素性の怪しい女に乗っ取られようとしているのを、黙って見ておられぬわ」

「素性の怪しい？　乗っ取られる？」

それは聞いていない。もしかすると、それが黒毛側の切り札なのかもしれない。

「ああ」

黒毛は自信たっぷりにうなずいた。

「黒毛さん、馬鹿を言っちゃいけませんな」

「なにを？」

「あんたの孫だって、怪しいって話は耳にしましたよ」

「なに」

「探ろうと思えば、探れますよ。わたしは、目付こそ隠居したが、いろいろ話を仕入れてくる連中とは、付き合いがつづいてますのでね」

「ふん。やってみたらいい。わしにやましいところはない」

黒毛は胸を張った。

期待したほど黒毛は怒らない。黒毛をバカにした即興の歌でもうたおうかと思ったところに——。

「あ、殿」

後ろから駆けて来た武士が立ち止まった。

見ると、あの二階から外を見ていた武士である。

「来ました。足に赤い糸を巻いた鳩が。男の子が生まれたようです」

「なんと」

「わたしはすぐに例の証拠を持って、大目付さまへ」

「うむ」

黒毛はうなずき、武士が立ち去るのを見ながら、

「愛坂。余計なことはいたすな」

と、言った。

「いやあ、いよいよ茶番の始まりだ。これはわたしの出番でしょう。養子に突っ込もうとしているお孫さんが、よその女を通じた孫とわかったら、売り物のお血筋はまったくなくなるわけですからな。へっへっへ」

ピンゾロの賽《さい》の目を出したバクチ打ちのように笑った。

「そなたもしょうがないやつじゃのう」

黒毛はそう言って、後ろの次男にうなずきかけた。


陽は沈みつつあった。

黄昏《たそがれ》どきである。この刻限は、辻斬りも出没しやすいのだ。あらゆるものが、見えているようで見えていない。おそらく、これから始まる斬り合いも、そんなことになるだろう。

黒毛の家来が二人、じりじりと桃太郎の背後に回ろうとしていた。桃太郎は、そうはさせまいと、後退りする。すでに刀に手をかけ、鯉口《こいくち》も切った。

「斬れ！」

と、黒毛が命じた途端、桃太郎はくるりと踵を返し、全力で駆け出した。

「逃がすな」

黒毛はさすがに走る体力はないのだろうが、他の三人は走って後を追って来る。

十間ほど走ったあたりで、木陰から、

「待て。目付の小谷矢惣次だ。愛坂さまになにをいたす！」

と、小谷が立ちはだかった。

「目付だと。かまわぬ、じじいといっしょに斬り捨ててしまえ」

黒毛の次男が言った。

ここまできたら、もう引くわけにはいかないのだ。

斬り合いが始まった。

桃太郎はすぐに、黒毛の次男の前に飛び出し、

「しゃあ」

抜き放った刀を次男の眼前で一振りした。挑発である。殺すつもりはない。

「じじい。死ねや」

次男は、抜き放った刀をゆっくりと上段へ持っていった。なかなか、いい構えをする。おそらく剣先に伸びがある。かわせるかどうか。

そのとき、

「なんだ、なんだ。きさまら、目付衆に向かって、なんという振る舞いだ。幕府への反逆であるぞ」

仁吾の、義太夫《ぎだゆう》語りみたいな声がして、あとの二人の家来だけでなく、急遽、応援を頼んだ町方の捕り方も八人ほど飛び出して来た。ふだん、いろいろ恩を売っておいた甲斐があった。

たちまちこっちが、圧倒的多数となった。

「なんということ……」

黒毛家の家来は、すでに戦う気を失くし、次男が力なく斬りかかってきたが、もはや気力がない。桃太郎は、軽々と峰を返した剣で、手首を打ち砕いた。

向こうでは、黒毛半右衛門があたふたと屋敷まで逃げようとしていたが、小谷矢惣次が追いついて、帯をがっちり摑んでいた。

黒毛はこちらを見て、

「愛坂。きさまのような悪党こそ、改易の憂き目に遭うべきだぞ」

と、喚《わめ》いた。

「そうかい。黒毛さんのような小悪党にそう言われるのは、光栄の至りだよ」

桃太郎がへらへら笑いながらそう言うと、黒毛は怒りのあまり、いまにも破裂しそうなほど、顔を真っ赤に膨らませたものだった。

八

翌日――。

楓川沿いの武家屋敷にも二階建ての家にも、窓辺には誰も立っていなかった。

鳩の見張りはやらなくて済むようになったのだ。

おそらく、後継ぎの話はすべておじゃんになり、次に生まれてくる嫡子か、あらたな養子の話に、持ち越されることになったのだろう。

この日の夕方には――。

臥煙の虎蔵と、目玉の三次の顔合わせがおこなわれることになった。

料亭は、〈百川《ももかわ》〉ではなく、両国の〈巌亀楼《がんきろう》〉という料亭が選ばれた。

桃太郎は、てっきり喜多村も愛用する百川でも使うのだろうと思っていたが、やくざの手打ちのようなことには、使っていただきたくないと、女将がきっぱり断わったらしい。さすがにあの女将だと、桃太郎は感心した。

建物の造りの豪華なことでは、巌亀楼のほうが百川を上回る。

通された部屋の床の間には、巨大な虎の木彫りが置かれていた。

庭には池があり、正面の奥には滝があり、水が流れていた。ここらは平らな土地だから、おそらく近くの流れから水車でも使って、水を汲み上げているに違いない。

目玉の三次には、臥煙の虎蔵のことはなにも伝えておらず、ただ、今後のことで相談したいと呼び出したらしい。

「ごめんなすってえ」

と、その三次がやって来た。

部屋には、町名主の喜多村彦右衛門と桃太郎がいるだけである。

「こちらは」

喜多村が桃太郎を紹介しようとすると、

「ええ。存じ上げてます。元お目付の愛坂さまでしょう」

　と、三次は言った。

「三次親分に知られているとは思わなかったな」

「現役のころから、存じ上げてましたよ。お旗本の鮫屋右門《さめやうもん》さまの一件のときに」

「ああ、あのときにな」

　鮫屋右門というのは、浅草寺《せんそうじ》裏の奥山《おくやま》で暴れ、町人を四、五人ほど斬ってしまった。そのとき、桃太郎が駆けつけ、やむなく成敗したのだった。十年ほど前のことである。

「ほかにも、近ごろじゃ仔犬の音吉をふん縛ったのは、愛坂さまだと。なんで、愛坂さまがからんだのかは、不思議でしたが」

「たまたまだよ」

　と、桃太郎は言った。

「それで、三次親分に会わせたい男がいるんだ」

「ほう」

　喜多村は女中を呼び、無言でうなずいた。

別室から連れて来るよう、話は通っている。

「失礼します」

虎蔵がスッと入って来た。渡世人《とせいにん》が親分の家に草鞋《わらじ》を脱ぐときのような、面倒な挨拶はない。

喜多村が、虎蔵の着物を新調させている。黄色の地に、斜めに細かい黒い縞が無数に走っている。虎柄ほどあからさまではないが、しかし、虎を連想させるだろう。それに、青みがかった紺の帯を締めていた。

「おめえは」

三次の顔に驚愕が走った。

「よう、久しぶりだな」

虎蔵が小さな笑みを浮かべて言った。

「生きてたのか？」

「皆、おれが死んだみたいに思ってたみてえだな」

「獄門は免れたとは聞いたがな」

互いに見つめる目に、ぱしぱしと火花が散っていた。

「喜多村さまに娑婆に呼び出されたのさ」

「そうなので？」

三次は喜多村を見た。

「もしかして、東海屋千吉がうまく、銀次郎の後釜に座れるかと思ったのだが、難しいみたいだ」

と、喜多村は言った。

「あれは、ただのかき回し屋でしたね」

「そうだな」

三次はしばし黙考して、

「もしかして、銀次郎さんの後釜に、臥煙の虎蔵を座らせようと？」

喜多村に訊いた。

「うん。何人かに訊いてみたのさ。虎蔵なら、文句はないと言っていたよ」

「なるほどね」

三次の目が光り出している。

妙に白っぽい光だった。これが綽名の由来なのだろう。笑いを呼ぶような光ではない。ひどく不気味な光である。

「銀次郎さんの縄張りのほうは納得するかもしれません。だが、虎蔵は二十年、姿を消していたんですぜ」

と、三次は言った。

「姿を消してたと言っても……」

喜多村が言いかけたが、

「いや、名主さん。わしらから見たら、そういうことでしょう。そっちには伝説らしきものが残っていても、神田川や、大川からこっちには、そんな伝説なんざほとんど残っちゃいねえ。虎蔵がどれほどのものか、若い者なんかまったくわからねえ」

「……」

「一つ、男を上げてもらわなきゃ、こっちは、ああそうですかとは行きませんよ」

「……」

喜多村は、怯えたような顔で桃太郎を見た。虎蔵を引っ張り出したところで、事態は収まると思っていたのだ。桃太郎も、そのつもりでいた。

やはり、やくざの世界は、一筋縄ではいかないらしかった。

第三章　変な音の男

一

珍しく、桃太郎は一階の朝比奈の部屋で、朝比奈と朝飯を食べていた。

朝比奈の家から、もらいもののサワラの粕漬けが届き、桃太郎の家からもイカの塩辛がきていたので、朝粥《あさがゆ》としゃれこんだのだった。

とろとろに煮込んだ三分粥に、魚の旨味と塩けはぴったりである。これに、たっぷりの大根おろしも加えたので、まさに三位一体、平和がつづく三国志みたいになった。

ただ、桃太郎は食べているうち、気になることが出てきた。朝比奈のものを食う音がうるさく感じられるのである。絶えず、ぺちゃぺちゃ、ぺちゃぺちゃ。

という音がしているのだ。

そういえば、昨日の夕方、大家の卯右衛門が妙なことを言っていた。

「うちに来る客で、身体のどこかから妙な音を出す人がいるんですよ」と。

急いでいたので、

「人間はなにかしら音を出すものなのさ」

と、それ以上は、話を聞かなかった。

そのことを思い出したからか、朝比奈の音がどうも気になるのだ。

「おい、留」

「ん？」

「お前、飯食うとき、前からそんなふうに、ぺちゃぺちゃ音を立ててたか？」

「音？」

自分では気づいていないのだ。

「ああ。なんか舌だか唇だかが、ぺちゃぺちゃ言ってるぞ」

「そうなのか。このあいだ、下の歯が一本抜けたのが関係してるのかな？」

「抜けたのか？」

「ああ。ほら、ここ」

と、朝比奈は口を開け、左下の歯の抜けた跡を見せた。

「なんだよ。そこらはもうほとんど歯がなくなってるぞ」

「そうなんだ。それで、音が出ちまうんだな」

「年寄り臭いぞ」

と、桃太郎は言った。こういうことは、家族でも言いにくい。親友だからこそ言ってやれるのだ。

「だろうな」

「気をつけたほうがいいよ」

朝比奈はしばらくシュンとなっていたが、

「だが、桃も最近、よく咳払いをしてるよな」

「え？」

俄然《がぜん》、逆襲に転じてきた。

「ぐへっ、ぐへって、始終やってるぞ」

「わしが？」

まったく意識していなかった。

「なんだよ、気づいてないのか？　将棋を指してるときなど、一局のあいだに三百回くらいしてるぞ」

「いくらなんでも三百回は大げさだろう」

「三十回は、間違いなくしているな」

「そういえば、最近、タンがからむことが多いかもしれぬ」

「それは年寄り臭いぞ」

「ああ」

「茶を飲め、茶を」

　桃太郎はなんだか気落ちして、

「だいたい、歳を取ると、身体が若いときには出さなかった音を頻繁に出すようになるんだよな。屁やゲップはもとより、歯をせせったり、骨をぽきぽき言わせたり、独り言も増えるだろう。その独り言も、ほとんど意味のない、ぶつぶつみたいなものだったりするんだ。若いときは、そういう年寄りを見て、ああ、あんなふうにはなりたくないもんだと思っていたのだが、いまやそれに近づきつつあるんだなあ」

　と、言った。

素晴らしくうまかった朝飯が、さほどでもなくなってきた。

「確かにそうだな」

と、朝比奈もうなずいた。

「われながらうんざりだ」

未来は黒雲におおわれてきた。自分の足取りすら定かではない。

「しょうがないよ、桃」

朝比奈は自分もなぐさめるように言った。

「しょうがないのかねえ」

桃太郎はため息をついたら、いっしょに屁まで出てしまった。

二

「おじじさま。今日もしばらくお願いできますか？」

珠子が桃子を連れて来た。桃太郎の顔を見ると、今日も「じいじ、じいじ」と駆け寄って来る。思わず抱き上げて、

「もちろんだよ」

と、即答した。桃子の面倒を見るのを断わるわけがない。〈百川〉の御馳走を断わっても、桃子関係の依頼は断わらない。

「まだ若い妓《こ》たちなので、お昼くらいまでかかっちゃうかも」

「かまわんさ」

「おしめはさっき取り替えましたけど」

「ああ、いいよ、いいよ」

別にうんちをしたおしめを替えるくらいなんともない。うんちは厠《かわや》に捨て、あとは汚れたおしめを盥《たらい》につけておくだけである。そのあとの洗濯だって、してやってもかまわないが、

「それだけはやめてください」

と、珠子から懇願されている。

「さ、桃子。今日はどこで遊ぶ？」

一時使っていた、変なかたちの紐は、最近は使わない。桃子もあまり転ばなくなってきたからである。だが、川の近くで遊ぶときは、紐でお互いの腰を結んでいる。子どもというのは、急になにをするかわからないのだ。

おなじみの山王旅所の境内に向かった。最近、神主《かんぬし》が、子どもが遊べるように

と、ふらここ（ぶらんこ）を二基、造ってくれた。十歳くらいの子どもがつねに使っていて、桃子はなかなか遊べないが、たとえ空いたとしても、まだ乗るのは難しい。それでも、他の子が漕《こ》いでいるのを、見るだけでも楽しいらしい。

「ぶらぶら」

と、指差して言った。

「うん、ぶぅらぶぅら漕いでるな」

あまり近づかないようにして、眺めさせていた。

――幼い子どもは、年寄りと違って、あまり音を出さないのだろうか。

と、桃子を観察することにした。

自分もふらここに乗る真似をして、身体を揺すり始めると、

ぷう。

と、オナラをした。

だが、飲み込んでも平気なくらい、可愛いオナラである。けっこう臭いのだが、それでも可愛い。

次にしばらくすると、

げぶ。

と、今度はゲップもした。けっこう大きな音である。

ほかにも、歩きながら、

「ぶうぶう」

と、口を鳴らしたりする。

そろそろ小腹が空いてきたかと、煎餅をやると、ぺちゃぺちゃ、音を立てて食べている。

――なんだ。幼い子どもも同じではないか。

安心したが、すぐに、

――つまり、わしらも赤ん坊にもどっているということなのか。

と、背筋が寒くなった。

なんのことはない、惚《ぼ》け、耄碌《もうろく》が出ているのだ。

しかも、幼い子どもの立てる音は、無邪気で可愛らしいが、年寄りの音は、どこか邪気があり、汚らしい。

――これはまずいぞ。

桃太郎は、青ざめるほどの恐怖のなかで、なんとかしなければと思った。

と、そこへ――。

「これは、愛坂さま」

雨宮五十郎が通りかかった。またこの男は、老いの恐怖とはまったく縁がなさそうな抜け作面である。岡っ引きの又蔵と、中間の鎌一もいっしょだった。犬の狆助は連れていない。

すると、桃子が雨宮に、

「ああめ、ああめ」

と、駆け寄るではないか。

「おお、桃子ちゃん」

雨宮は桃子を抱き上げ、

「今日も可愛いでしゅねえ」

と、猫も逃げそうな気持ち悪い声で言った。

桃太郎は、内心ムッとしたが、桃子が誰にでも可愛がられるのは、悪いことではない。見ないふりして我慢することにした。

ようやく、桃子を下におろした雨宮に、

「それより、蟹丸を一人きりにして、いいのか？」

と、訊いた。

蟹丸はいま、兄の東海屋千吉の目から逃れるため、八丁堀の雨宮の家にかくまってもらっている。幸い、千吉の連絡も途絶えているらしい。

「ええ。飯炊きの婆さんはいますし、狆助も見張りをしてますし、隣の中間にも声をかけておきましたので、大丈夫ですよ」

と、雨宮は胸を張って言った。

「そうか」

狆助は、又蔵より頼りになりそうである。

だいたいが、八丁堀に乗り込んで来るほど馬鹿なやくざはいないだろう。

「それで、愛坂さま。臥煙の虎蔵なんですが」

「うむ。どうしている？」

「とりあえず石川島は引き払いまして、喜多村さんが持っている日本橋伊勢町《いせちょう》の一軒家に移りました。すぐに、盛名《せいめい》を慕って、二十人ほどの子分が出入りしています」

「ほう。そりゃあ、たいしたもんだ」

あの男なら、じっさいに会えば、ますます信望の念を強くするだろう。

だが、心配ごともある。

「東海屋はどうしてる？　虎蔵の出現に気づいただろうが？」

「気づいたでしょうね。あいつのところからも、若いのが探りに来てはいるみたいです」

「だろうな」

伝説のやくざが姿を現わしたことで、東海屋千吉も穏やかではないはずである。

「いまから、ちっとようすを見て来ます」

「うむ。頼むぞ、雨宮さん。江戸の平和は、あんたの肩にかかってるんだ」

将軍に言うようなお世辞というか、明らかな冗談を言うと、

「いやあ、それほどでも」

と、照れながらいなくなった。

雨宮を見送って、さっき考えていたことに頭をもどした。

──そうだ。自分が立てる音をごまかすのに、いつも別の音を立てているというのはどうだろう？

という案が閃いた。

例えば、いつも小さく太鼓を鳴らしているとか、笛を吹いているとか。それなら、咳払いとか、屁の音なども、ごまかせるのではないか。

しかし、太鼓や笛はやはり大変である。芸人に間違えられても困る。

――それよりはやはり……。

ハタと膝を打った。

「無音の行《ぎょう》だな。それしかないだろう」

お昼近くなって、長屋にもどることにした。

稽古が終わったところで、桃子を珠子に返すと、朝比奈のところに行き、

「留。やはり、わしらは無音の行をしよう」

と、言った。

「無音の行？　なんだ、そりゃ？」

「だから、できるだけ、音を立てずに暮らすのよ。動きながらの禅《ぜん》というか、わしら、爺いの作法だと思えばいい」

「なるほど。もしかしたら、剣の極意にもつながるかもしれぬな」

「ほんとだな」

「よし、やってみよう」

と、そういうことになった。

三

昼飯はやはり、卯右衛門のところでそばを食うことにした。朝比奈は、粥の残りを食うらしい。夫婦ではないから、始終いっしょに飯を食ったりはしない。

このごろは、もりそばの盛りを少なくしてもらっている。身体のためである。そのかわり、海老の天ぷらは必ず二本つけ、頭と尻尾まで食う。

盛りが少ないと、あっという間に食べ終わってしまう。

ずずっ。

と、やると、ほとんど一口か二口である。

少ない分、景気をつけようと、音は大きくしていた。あれはいけない。今日から、音を立てずにすするつもりだった。

入口で男とすれ違った。ぶつかりそうになって、

「おっと、ごめんなさい」

男は詫びて、身体を斜めにしてすれ違った。

――ん？

一瞬、妙な音を聞いた。

振り返ったが、男はすでに店から出てしまっていた。

別に落とし物をしたようでもない。

空いた席に着くと、卯右衛門がやって来て、

「愛坂さま。いま出て行ったあの客ですよ。へんな音がするのは」

と、言った。

「ああ、そうか」

「なんなんですかね」

「訊けばいいだろうが」

「訊いたんです。そしたら、あんたに迷惑はかけてないだろう。気にするなと」

「なるほど」

別に耳障りなほど大きな音ではない。だったら、その男の言うとおりだろう。

「でも、気になるんですよ。だって、あまり聞いたことのない音なんですから。それがずうっと、聞こえるんですよ」

「ここのそばがあんまりうまいんで、胃が鳴ってるんだろう」

「いや、うちのそばは、そこまでうまくはないでしょう」

と、卯右衛門は頼りないことを言った。

「ま、また会うだろうから、そのときはじっくり聞いてみるよ」

しばらくして、頼んだそばが来た。

海老天二本のほかに、野菜のかき揚げ天と、もりそばである。野菜はいっぱい食べたほうがいいと、医者の横沢慈庵《よこざわじあん》から言われたのを思い出したので、卯右衛門に、「なんでもいいから季節の野菜をたっぷり天ぷらにしてくれ」と頼んだのだ。また、タレには大根おろしとネギをしこたま入れる。

天ぷらは音を立てないよう、ちょっとタレにつけて、静かに食べる。衣のカリッという音さえしないよう、注意する。それでも何度かは、
パリッ、パリッ。

と、音を立ててしまった。しかし、行の途中だから仕方がないだろう。

つづいて、そばだが、これも音を立てずに食べる。三、四本のそばを、そっと持ち上げ、タレに少しだけつけて、すすらずに口に入れる。それから、静かに噛む。

そのようすを卯右衛門が見ていて、

「愛坂さま。歯でも痛いんですか？」

と、訊いてきた。

口には出さず、静かに首を横に振った。

「だって、食い方が変じゃないですか」

「どこが変だね？」

「だって、愛坂さまのそばの食い方といったら、泥棒みたいにごそっと取って、たっぷり汁にひたし、それをずるずるっと、まるでそばの滝登りみたいに流し込んでいたじゃないですか。ざるそばなら、二口半くらいで食べてましたよ。それを、いま見てたら、お嬢さまみたいに」

「お嬢さまって言うな。自分でも気持ち悪くなる」

「でも、近ごろは、そばの盛りを少し減らせとか言ってみたり、あげくにはその食べ方。そばが嫌いになったんですかい？」

「違う。量を減らしたのは身体のため。そして、静かに食うのは、無音の行を始めたからなのだ」

「無音の行？」

今後もいちいち訊かれるのは面倒なので、事情を説明した。

「ははあ。年寄り臭い音ねえ。それはわかりますな。あたしも、友だちを見ていて、そう思ったことはあります。確かに、自分もそうなんでしょう」

「そうさ。しかも、気づくだけでは駄目だ。ちゃんと、修正することが大事で、そのための無音の行なのだ」

「なるほどね。でも、あたしは、あのずるずるっと食うほうが、愛坂さまらしくてよかったですけどね」

「……」

確かに、そばは音を立てないと、食った気がしないのも事実だった。

四

ゆっくりそばを食べ終えたとき、窓の外を雨宮たちが走って来るのが見えた。いつもの牛が草を食《は》むような雰囲気とはまるで違っている。

「どうした、雨宮さん？」

窓から声をかけた。

雨宮は、一瞬だけ止まって、

「殺しです。南茅場町の為八《ためはち》がやられました」

そう言って、また駆け出して行った。

南茅場町といったら、ここからすぐのところである。そんなところで物騒なことが起きたのは、弱ったものである。

「雨宮さん、いま、為八がやられたと言ってませんでした？」

調理場から卯右衛門が出て来て訊いた。

「ああ、言ってたよ。知ってる男か？」

「南茅場町を仕切っていた親分ですよ」

「やくざか？」

「ええ。それで、おれは臥煙の虎蔵を担ぐことにしたぞと、知り合い筋に声をかけていたんですよ」

「なんてことだ」

だったら、おそらく東海屋千吉のしわざだろう。あるいは、目玉の三次のところが動いた可能性もなくはない。

「為八親分がねえ」

卯右衛門は信じられないという顔をしている。

「どういうやくざだったんだ？」

「通り名は、タコ刺し為八です」

「タコ刺しかい」

あまり強そうではない。

「怒ると、タコ刺しみてえにしてやるぞって言うのが口癖だったんです」

「ふうむ」

人間がタコ刺しのようになれるものなのか。桃太郎にはピンとこない。

「強かったですよ。漁師上がりで、舟漕いでたから、腕なんか大根足みたいに太くてね。でも、あたしらには、わりに気のいい親分でしたよ。喧嘩のときは、だいたい舟で乗りつけるんです」

「水辺から遠いところは？」

「そういうところには、ちょっかいを出しませんから」

「なるほどな」

いちおう分はわきまえていたらしい。

「ちょっと見に行ってきます」

と、卯右衛門は行ってしまった。

桃太郎は勘定を払って外に出ると、空いていた順番待ちの縁台に座って、卯右衛門がもどるのを待つことにした。

ぼんやり座っていると、おかしな疑問が頭に浮かんできた。

——いつの間に、桃子はあんなに雨宮になついたんだろう？

改めて考えると、なにか変である。しかも、「ああめ、ああめ」と、名前まで呼んでいたではないか。わしが仔犬の音吉を警戒して、桃子に会わないようにしていたあいだに、菓子でもいっぱい与えて、手なずけてしまったのだろうか。

——それと、今日の雨宮はいつもと少し違って見えていた……。

殺しの現場に向かうから、切迫感があったとか、そういうのではない。なんとなく見た目が違っていたのだ。

——なんだったのか？

いくら考えても、わからなかった。

そのうち卯右衛門がもどって来て、

「大変です。殺したのは、あの男かもしれませんよ」

と、告げた。

「あの男？」

「ほら、変な音を立てていた男ですよ」

「なんだと。では、為八とやらを殺したあと、ここで悠々と昼飯を食って帰ったってことか？」

「そうなりますよね。顔見知りの子分から聞いたのですが、昼前に、変な音を出すやつが、賭場にいるというので、親分が声をかけていたんだそうです。しばらく、いろいろ話をしてたみたいですが、気がついたら、親分は刺されてぐったりしていて、あいつはいなくなっていたんだそうです」

「ほう」

「ただ、傷口が小さくて、どういう武器を使ったのか、わからないそうです」

「あの男がな」

なにか解せない。

「着物に血もついてなかったですよね？」

「わしも見なかったな」

「ねえ、愛坂さま。すぐ近くですから、見に行きましょうよ。雨宮さんも、愛坂さまは？　って訊いてたから、来て欲しいんですよ」

「いや、いいよ」

桃太郎は行きたくない。そういうことに関わると、桃子にまで火の粉が飛んで来るかもしれない。

「じゃあ、またな」

と、長屋にもどってしまった。

だが、夕方になって、案の定、雨宮が長屋を訪ねて来た。又蔵はおらず、鎌一だけが長屋の外で立っている。

「なんだよ。わしは殺しの調べなどしたくないぞ」

なにか言い出す前に、ぴしゃりと言った。

「まあ、そうおっしゃらずに」

と、雨宮はまるでへこたれない。これで揉み手まですると、越後屋《えちごや》の手代くらいになれるのではないか。

「だって、卯右衛門から、だいたいのことはお聞きになったんでしょう？」

「聞いたけど、あいつだってたいしたことはわかってないだろうが」

「いや、おいらたちも、わからないんですよ」

「なんだな」

部下ではないので、叱りたくても叱れない。

「愛坂さまも、その男をご覧になったそうじゃないですか？　しかも、音も聞いたのでしょう？」

　どうやら、ここへ来る前に、卯右衛門のところに寄って来たらしい。

「見たといっても、一瞬だけだぞ」

「いや、愛坂さまの一瞬は、卯右衛門の一刻分ですから」

　あんたなら一日分だな、と内心では思ったが、さすがに言わない。

「おいらだと三日分」

　自分で言った。

「殺し屋には見えなかったがな」

「歳は三十前後ですって？」

「そうだな。あまりまともな感じはしなかったが、やくざの凶悪さも感じなかったぞ」

「そうですか」

「殺気もまるで感じなかった」

「愛坂さまでも」

「ああ」

　人を殺したばかりなら、そうした気配は残っているはずである。よほど殺しに慣れてしまっているのか。

身体にもとくに変なところはなかった。

「音も聞かれたんでしょう？」

「だから、一瞬だけだよ」

「なんか持ってました？」

「なにも見なかったな」

「じゃあ、音はどこでしてたんです？」

「着物のなかか、あるいは身体のなかからか」

「それが凶器ってことも？」

「あるだろうな」

というより、そう考えるのが自然かもしれない。

器械のようなものでも入れていたのか。

身体が出す音にしては、乾いたような音だった気がする。

「傷は小さかったそうだな？」

と、桃太郎は訊いた。

「そうなんです。ちょっと太い針くらいの傷です。こんなので死ぬかなとも思ったんですが」

「毒でも塗ってあったのかもな」

「ええ」

「まさか、生きものの音ってことはないよな」

桃太郎は首をかしげた。

「生きもの？」

「いや、小さな生きものを懐に入れていたので、それが音を出していたとか」

「愛坂さまもいろんなことを考えますねえ」

雨宮は呆れたように言った。

「当たり前だ。わしがなんでも行き当たりばったりで考えていると思われたら困るよ」

じつは、行き当たりばったりは少なくない。

「生きものに殺されたんですか？」

「わからんぞ。世に数匹といない、爪などに毒を持った生きものだったかもしれぬ」

自分で言って、それはないなと思い直した。

雨宮が困り果てているので、

「音のことは、わかったら報せるよ」

と言って、追い返した。

雨宮がいなくなってから、あることに気がついた。どうも見た目が違うように感じたのは、十手につけてあった紫色の房のせいだった。

あんなもの、前はつけていなかったはずである。しかも、なかなかしゃれた色合いだった。

――買ったのかな？

桃太郎はなぜか気になった。

五

次の日は――。

いつものように魚市場に朝飯を食いに行った。

市場にもいろんな音があふれている。船着き場に漁師の舟が着けられる音。魚が無造作に箱へ放り投げられる音。セリの声や音。包丁で魚を捌く音。

あの音は、確かにどこかで聞いた音だった。

しかも、それは人を殺すのに使われた道具の音かもしれないのだ。

桃太郎は、魚を捌いている業者の近くに行き、耳を澄ました。包丁には、細いものもある。それを懐でカチカチいわせていたのかもしれない。あるいは、その包丁に、ぴったりしない鞘《さや》をかぶせたが、それと刃が当たって、カチカチ言っていたのかもしれない。

だが、いくら耳を澄ませても、あの、一瞬だけ聞いた音と同じ音はなかった。

いつもの屋台の飯屋に腰をかけ、

「今日はヒラメの刺身に、ブリのアラ煮がうまいですぜ」

と、勧められた飯を、音を立てずに食べ終えた。

音のことを気にしながら、音を立てずに食うというのも、なにか変な感じである。

食べ終えて、海賊橋を渡って来ると、卯右衛門の姿が見えた。

起きたばかりらしく、歯磨きの楊枝を咥えたまま、

「あ、愛坂さま」

と、近寄って来た。

「昨日は、雨宮がわしのところにやって来たよ。わしは、一瞬すれ違っただけで、音もほんの少し耳に入っただけだぞ。あんたは、しかと聞いたんだろうが」

「聞いたはずなんですが、音ってのは抜けて行くじゃないですか」

「抜けて行くのは、抜け作だぞ」

「いやいや。でも、こう言葉にしにくいじゃないですか」

「まあな」

「だから、忘れてしまうんですよ」

それはわからないでもない。

「わしは、どこかで聞いたような音だと思ったんだがな」

「そうですか。あたしは、あまりなじみのない音でしたけど」

「今日も来るかもしれぬぞ」

「来たら、すぐにお報せしますので」

「うむ」

桃太郎は、長屋にもどっても、あの音が気になっている。

――なんの音だったかのう。

部屋中にあるものを叩いてみる。火鉢だの天井まで叩いた。そんなものを懐に入れて歩くやつはいない。

結局、同じような音が出るものは見つからなかった。

――そうだ、珠子に訊いてみるか。

珠子は、三味線《しゃみせん》の名手というだけでなく、音を聞き分ける能力に長《た》けている。

だいたいが、三味線の棹にはなんの目印もないのに、弟子が出した音を聞いて、「指一本分、下を押さえて」などと教えるのである。

「ごめんよ」

珠子の家を訪ねた。

見ると、桃子はちょうど昼寝の最中だった。

「桃子が寝ているのか。じゃあ、まずいな」

「なんです？」

事情を説明した。

「聞いたことがある音なんですね。ちょっと三味線で、音を出してみましょうか」

「桃子が起きちゃうぞ」

「大丈夫です。寝たばかりですから、太鼓を叩いたって起きませんよ」

珠子は三味線を構え、バチは使わずに、爪でぽろんぽろんと音を出しながら、

「口で言うと、どんな感じでした？」

と、訊いた。

「口でか？」

と、桃太郎はしばらく考え、

「カッシ、コッチかな？」

「カッシ、コッチですか」

と、珠子は言って、三味線の糸を鳴らすと、

「クワッシ、カッシ」

という音が出た。さすがだとは思うが、

「ちょっと違うな。コロン、コッツかな」

「コロン、コッツねえ」

三味線で出た音は、

「ポロン、ポッチ」

という音だった。

「では、頼むよ」

やはり違う。

それから珠子は、三味線を使って、いろんな音を出してくれた。

たった二つの音なのに、指の位置と、爪弾き加減で、いろんな音が出るのには驚いてしまう。

だが、あんまりいろんな音を聞き過ぎると、あの音を忘れてしまいそうで、

「駄目だ。やはりわからぬな」

と、中止してもらった。

これは、かなりの難問である。

六

昼過ぎ――。

桃太郎が卯右衛門のところで昼飯を食い、外でのんびりしていると、雨宮と鎌一と犬の狆助がやって来た。又蔵と狆助が交代したのだろうが、雨宮と狆助が交代しても、あまり支障はなさそうである。

「愛坂さま。目玉の三次も動き出しましたよ」

と、雨宮は言った。

「なにをする気なんだ？」

「どうも、結束を強めるため、江戸の親分衆が一堂に会するような大集会を催すらしいのです。以前、銀次郎のほうに与《くみ》していた親分も、招待しているようです」

「だったら、東海屋千吉も動くだろう」

「でも、あいつはずっと、箱崎に籠《こ》もっているんですよ」

「そこがあいつのしたたかなところなんだ」

と、桃太郎は言った。

他人を使うのがうまい。賭場の運営でため込んだ金に、糸目はつけないのだろう。

こうなると、虎蔵より三次に刺客を向けるかもしれない。

「怪しいだけじゃ、おいらたちもしょっぴけませんしね」

「逆に、いま、しょっぴいても、あいつはありがたいくらいだろうよ」

たとえ誰が死んでも、自分は疑われず、暗殺される心配もなくなる。

「そうなんですよね」

と、雨宮は大きくうなずいた。

「為八を殺した下手人は見つかっておらぬのだろう？」

「もちろんです」

見つかるほうがおかしいというような言いぐさである。

「だが、殺し屋など、そうたくさんはいないだろうよ」

「でしょうね。誰にでもやれる仕事じゃないでしょうし」

「だとすれば、当たりをつける方法もありそうだがな……」

そのとき閃いた。

――そうだ。あの男に訊けばいいではないか。

桃太郎は、雨宮に、

「おい、仔犬の音吉は、いま、どうしてる？」

「まだ奉行所の牢にいます」

「あいつに話を訊きたいな」

「でも、野郎は口が堅いですよ。依頼人のことは墓場まで持って行くとぬかしているくらいですから」

「ところが、同業者のことだと違ってくるのさ」

「ははあ」

雨宮は桃太郎に頼まれ、その日のうちに音吉と桃太郎の対面の段取りをつけた。そこらのことは、ちゃんとそつなくやれるらしい。

暮れ六つ（午後六時）近くなって、桃太郎は南町奉行所を訪れ、町奉行の筒井《つつい》和泉守《いずみのかみ》に挨拶したあと、仔犬の音吉が収監されている牢の前に立った。ここの牢は、小伝馬町の牢屋敷よりはずいぶんきれいだと聞いていたが、なるほど清潔で、うっすら木の香りも漂っている。

「よう、音吉」

桃太郎が声をかけると、

「おや、愛坂の旦那じゃないですか」

大胆にも、笑みを浮かべた。

「あんたの口の堅さには、皆、感心してるよ」

「そいつはどうも」

檻のなかの居心地はどうだと訊きたいところだが、いまはあまり怒らせたくない。多少きれいでも、牢の居心地などいいわけがないのだ。

「あんたが捕まっちまったんで、東海屋千吉は、次の殺し屋を雇ったみたいでな」

「東海屋なんたらって人は知りませんがね」

「そうだったな。ま、東海屋は知らなくていいんだが、いま、江戸で新たな殺し屋が動いてるのさ。なかなかの腕利きでな、東海屋の邪魔になる者が次々に殺されてるよ」

「……」

「同業者として、あんたとは別の殺し屋が、次々に人を殺しているのは嬉しいかね？」

「嬉しいわけ、ねえでしょうが」

「そいつは、単に金のためだけでやっているみたいだ」

「……」

「正体不明、神出鬼没でな」

「……」

「わしらもほとほと困ってるのさ」

「……」

「でも、腕のいい殺し屋なんて、そうそういるはずがないよな」

「そりゃあね」

「あんたのほかに、動くとしたら？」

「どうでしょうね」

「いないのか？」

「平和な時代が長かったですからね」

「そうだな」

やはり、この男から聞き出すのは無理かと思ったとき、

「ああ、あいつがいたか」

と、音吉は膝を叩いた。

「誰？」

「音無し京市《きょういち》」

と、仔犬の音吉が言った。

「どういうやつなんだ？」

「あっしも直接、会ったことはありません。なんでも、おとなしいんだそうです。しかも、まったく目立たないらしいです。それで、いつの間にか、音もなく忍び寄って、ぶすりと。細い、針みたいな武器を使うそうです。それを背中の、あまり痛みを感じないところに差し込んで、心の臓を何度もすばやく突っつくら

しいんです。それで、きゅんと胸が締めつけられて、それっきりだそうです」

「そいつだな」

殺しの手口はそれである。

だが、音無しというのがわからない。あいつは、変な音を立てていた。

「助かったよ、音吉」

と、桃太郎は言った。こいつには、命を狙われ、桃子とひと月以上、会えなくさせられたのだ。だが、いまはさほどの恨みはない。

「なあに、どうってことは」

音吉も、桃太郎を殺そうとしたことは忘れたらしく、もう一度、笑顔で頭を下げた。

七

翌日の夕刻――。

江戸の町に緊迫感が漂っている。

目玉の三次が声をかけたことで、江戸のやくざが続々と集結し始めたのだ。

場所は両国広小路からも近い柳橋《やなぎばし》の〈鶴舞亭《つるまいてい》〉。

ここは、二百人の宴会もできるという大きな料亭である。両国花火大会の日は、十年先まで予約が埋まっているという。

三次の配下だけでなく、かつて銀次郎の下にいた者も招待された。

親分と言われている者だけでも、四十人ほど。江戸の親分衆のほぼ八割に当たる。

名の売れているところでは——。

本郷《ほんごう》の白熊玄八《しろくまげんぱち》。
根津《ねづ》の権現髑髏兵衛《ごんげんどくろべえ》。
本所の鉄砲八十吉《てっぽうやそきち》。
上野《うえの》の不忍《しのばず》お蝶《ちょう》。
高輪《たかなわ》の毒蛇弥太郎《どくへびやたろう》。
品川《しながわ》の股《また》ずれ三蔵《さんぞう》。

などなど……。

いずれも、毒々しいほど派手な衣装を着て、腕だの胸元だのから、彫り物をちらつかせているから、花束が歩いているみたいなのである。

しかも、それぞれに、十人くらいの子分を連れて来ているから、柳橋界隈はやくざだらけという異常な状況になった。

こうなると、町奉行所も放ってはおけない。

じっさい、巷では、

「町方はなにしてるんだ？」

と、文句を言う者も出てきている。

「やくざが暴れ出したりしないよう、町方も総動員だ」

南町奉行の筒井和泉守が、北町奉行の協力を仰ぎ、与力、同心のみならず、中間から岡っ引き、さらには近隣の番屋に詰める者も駆り出して、鶴舞亭に入ったやくざたちを遠巻きにぐるりと取り囲んだ。

「こりゃあ、凄いや」

と、大勢の野次馬も出て来る。これを目当てに、両国あたりの屋台の店が、ぞろぞろとこっちに移動して来た。

いまにも、前代未聞の喧嘩祭りが始まろうとしていた。

夜はおごんの店で、軽く飲んでから茶漬けでも食うかと思っていた桃太郎のところにも、こうした状況が伝えられた。

「松島さんから、愛坂さまにもお伝えしろと言われまして」

と、雨宮がやって来たのである。

又蔵、鎌一のほか、狆助もいっしょで、

「わんわん」

と、吠えた。まるで、「ご主人を助けてやってください」と言っているみたいである。

「これから始まるのか？」

「ええ」

桃太郎は外を見た。すでに夕暮れが迫っている。

夜の会合になるわけである。

「まずいぞ」

と、桃太郎は言った。

「なにがです？」

「東海屋が動くだろう？」

「いやあ、近づけませんよ」

「そうかな」

桃太郎は、雨宮たち三人と一匹といっしょに、箱崎の東海屋を見に行った。

「無理にでも、いるかいないか確かめたほうがいい」

と、桃太郎が雨宮をせっついてなかに送り出すと、すぐに外に出て来て、

「千吉がいなくなってます。それに、子分たちもほとんどいません」

「やっぱりだ」

「単身、殴り込みでもかける気ですか？」

「そんな馬鹿じゃない。殴り込みとは別の方法で、江戸のやくざを壊滅させようというのだろう」

「そんなことができますか？」

「鶴舞亭があるのは、大川の岸のところだよな？」

「ええ。川景色も売りですから」

「よし、行くぞ」

「柳橋にですか？」

「その前に、虎蔵のところだ」

桃太郎たちは、日本橋伊勢町の虎蔵の家へと急いだ。

虎蔵は家にいた。だが、新たに子分になった者から、今日のようすは逐次伝えられているらしく、緊張した顔をしていた。

「これは愛坂さま」

「目玉の三次のことは聞いているかい？」

「ええ。柳橋にぞろぞろと集まっているそうですね」

「どういうつもりだと思う？」

「そりゃあ東海屋にかき回されたので、もういっぺんタガを締めて、それから迷惑をかけられたというので、東海屋をいっきにつぶそうとするでしょうね」

「東海屋もそれはわかってるかね」

「あっしは、東海屋千吉とは会ったことがありませんが、これまでのやつのしたことを聞くと、頭は切れるみたいですので、当然、そこらは予想してるでしょう」

「だよな。それで、もう動き出しているみたいなんだ」

「まだ、味方に号令はかけていねえようですが？」

虎蔵もちゃんと両方の動きを把握しているのだ。

「あいつのところだけでやるつもりだろう。そういうやつなんだ」

「ほう。だとしたら、気概は買いますが、あいつのところだけじゃどうにもならねえでしょうね」

「いや、なるさ。集めといて、火をつけりゃあいいんだから」

桃太郎がそう言うと、後ろで雨宮が、

「あ」

と、声を上げた。

「なるほど、火付けですかい」

「だから、あんたのところに立ち寄ったわけだ。いいか、連中は鶴舞亭の二階に集まっているのだろう。下から火をつければ逃げ場はない。親分たちは、数十人がいっきに焼け焦げになってしまうよ。おそらく、すでに支度はできている。あとは、舟で柳橋のたもとに着け、油に浸《ひた》した薪を放ったり、火矢の数発も放てば、たちまち燃え上がるだろうな。おそらく町方も、川のほうまでは警戒していないだろう」

「ほんとだ。そりゃあ、まずい」

虎蔵は立ち上がった。

「どうする？」

「たとえ、やくざでも、火事で死なせるわけにはいきませんよ」

鶴舞亭に駆けつけるつもりらしい。

「だったら、舟で行ったほうがいい。ちと、遠回りになるが、徒歩だと野次馬や町方が囲んで、進めなくなってしまうはずだ」

「そうします」

桃太郎もいっしょに行くことにした。やくざの縄張りがどうなろうとかまわないのだが、虎蔵を引っ張り出した責任の一端は、自分にある気がする。

「おい、梯子を持って行くぜ」

虎蔵が子分たちに言った。正月のはしご乗りに使うような長い梯子を舟に乗せ、伊勢堀から大川経由で柳橋を目指した。


桃太郎が予想したとおりだった。

柳橋のたもとに着いたときは、すでに鶴舞亭は、炎に包まれていた。

川から直接、鶴舞亭の隣にある亀清楼《かめせいろう》の庭へ這い上がった。

「こりゃあ、ひでぇ」

と、虎蔵は呻《うめ》いた。

鶴舞亭の一階部分はもう凄まじい炎で、煙も濛々《もうもう》と湧き上がってきている。

「あれじゃあ、部屋は真っ暗で、なかにいる者は、逃げ場も失ってるでしょう」

虎蔵が言った。

「どうしようもないか」

桃太郎はうんざりしたように言った。

東海屋千吉は、どこかこのあたりで、ほくそ笑みながら火事見物をしているのだろう。しかも、いまごろはどこか別のところにいたことにすれば、火付けの罪も逃れられる。これでほとんどの敵は消え、あとはこの虎蔵との決着を図るつもりではないか。

そのときだった。

「あ、あそこに！」

こちら側の二階に四、五人の生き残りが顔を見せた。

赤々と染まった顔のなかに、目玉の三次もいた。

「まだ生きてたか。よし」

虎蔵はそう言って、梯子を引き上げると、こちらの亀清楼の屋根に立てかけ、とんとんと上って行った。

「どうするんです？」

雨宮が訊いた。

「臥煙の虎蔵が、男を上げるんだろう」

と、桃太郎は言った。


そこからの虎蔵の動きは、周囲を取り囲んだ者が唖然とするほどだった。

梯子の端を亀清楼と鶴舞亭のあいだに立てかけなおし、亀清楼の屋根から、はずみをつけて、梯子とともに鶴舞亭の屋根に飛び移った。

そのまま、二階の生き残りの連中に声をかけ、目玉の三次たちを梯子へ移動させると、もう一度、この梯子を亀清楼のほうへと渡した。そのときは、はずみをつけるため、いったん鶴舞亭の屋根を端まで行き、そこから走った勢いとともに宙を舞ったのである。

「うわあ」

周囲からいっせいに声が上がった。

梯子が亀清楼のほうに渡ると、虎蔵は、

「早く降りろ！」

と、三次たちを下へ降ろさせ、再び、鶴舞亭へ飛んだ。

どうも、まだ何人かは生きているという話を聞いたらしく、それも助けるつもりらしい。

今度は虎蔵自身が二階のなかに入り、声をかけ、生き残りを誘導し、再び梯子を使って救出した。

これをあと二度。

この虎蔵の活躍によって、二階にいた親分衆のうち十八人を、助けたのである。

その前に、二階から飛び降りたり、火の気の薄いところから、水をかぶって逃げたりしたのが十四人ほどいて、結局、八人が焼け死んだらしかった。

八

三次と虎蔵が向かい合っている。

あたりはだいぶ落ち着いてきている。火消し衆が駆けつけ、水辺の火事ということもあって、周囲の建物も幸い類焼をまぬがれ、崩れ落ちた鶴舞亭がきれいに焼けてしまうのを待っているような状況だった。

町方が、子分どもを引き上げさせ、野次馬も追い払ったので、一時期の騒ぎはほとんど収まっている。桃太郎たちがいる亀清楼の庭は、すでに静かなものである。

「あの二人、大丈夫ですかね」

わきに来ていた松島凡太郎が、三次と虎蔵を見つめながら、桃太郎に声をかけてきた。

「大丈夫だろう」

二人の表情に、通い合った俠気《きようき》が感じられる。三次のほうには、感謝の念も垣間見られる。二人の棲み分けは、うまく行くはずである。

三次がなにか言った。

虎蔵が深くうなずいた。

話は終わったらしい。

三次のそばには、町方の与力が近づいた。これから、今日の会合について説明を求めるのだろう。

虎蔵は、桃太郎がいるところへやって来た。

「愛坂さま。いろいろお骨折りをいただきまして」

「そんなことはかまわぬさ」

「今後の詳しい話は、明日、三次と二人ですることになりました。おそらく以前のようなかたちにできると思います」

と、虎蔵が桃太郎に言った。

「それはいい。だが、わしはもう立ち合わぬよ」

「仲介役ではないので？」

「冗談はよしてくれ。仲介役は喜多村彦右衛門だよ」

「わかりました」

虎蔵はうなずき、桃太郎から少し離れた。

顔なじみの火消しの棟梁がいたらしい。

すると、虎蔵のところに近づいて行く男がいた。その男から、変な音がしていた。

「え？」

桃太郎は、男の顔を見た。この前、卯右衛門のそば屋ですれ違った男とはまったく別人だった。今日の男は、いかにも能天気な、小太りの男である。

だが、音はいっしょである。

——どういうことだ。

桃太郎は咄嗟《とっさ》に考えた。以前、身体の音をごまかすため、太鼓とか別の音を鳴らそうかなどと考えたことも思い出した。

——もしかして……。

音は単に気を引くだけなのではないか。相手の注意を逸らすだけの役割で、わしの枯れ葉の剣と同じこと。

だとしたら、別に刺客がいる。それが音無し京市。

音はなんでもいいし、音を立てるのは、誰でもよかったのだ。

ようやく、納得がいった。

虎蔵は近づいて来た変な音のする男に気がついていた。

「なんでえ?」

「あ、いや」

虎蔵が訊いた。

音のする男は、首を横に振った。

そのとき、反対側からスッと虎蔵に近づいた男がいた。

「ううう」

近くにいた狆助が唸った。なにかを感じたのだ。

目立たない男だった。顔にはなにも特徴がなく、曇り空の夕暮れのような、沈んだ灰色の着物を着ていた。仏壇の裏側ほどの生気すら感じられない。

虎蔵も、火消しの棟梁も、そいつのことは見ていなかった。

男の手元が光った。

桃太郎は、できるだけ音を立てずに、その男に近づいて、

「おい、音無し京市」

と、声をかけた。

「え？」

京市がチラリとこっちを見た。

「ん？」

虎蔵が桃太郎のほうを見た。

そのときは、桃太郎はもう剣を抜き放っていた。

京市の手元から、針よりは太い、光る筋のようなものが飛んだ。

「あ」

京市の顔に初めて感情が現われた。驚愕と怯えだった。背を向けて、逃げようとするのに、桃太郎は大きく踏み込んで、背中を刀の峰で強く打った。

「むぎゅっ」

と呻いて、音無し京市は、地面に顔から倒れ込んだ。

「こいつが、東海屋が頼んだ音無し京市という殺し屋だ」

桃太郎がそう言うと、松島凡太郎たちがいっせいに飛びかかった。

「それと、あいつを逃がすな」

桃太郎は、変な音を立てていた男を指差した。

「こいつですね」

飛びついたのは、雨宮五十郎に又蔵、鎌一の三人組と一匹だった。

「おれは、なにもしてねえ。ただ、音を出せと頼まれただけですぜ」

組み伏せられながら喚いた。

桃太郎は近づいて、男の懐に手を入れ、

「音の正体はなんだ?」

と、なかにあったものを取り出した。

「あ、これか」

懐にあったのは、バクチに使う壺と、大きめの二つのサイコロだった。

壺にサイコロを二つ入れ、回すように振ってみた。

カラン、カチン。カラン、カチン。

「この音だった」

これが、着物と腹のあいだで、ややくぐもった感じになっていたのだ。

どおりで、どこかで聞いたことがあると思ったはずだった。

「壺振りの稽古をしてたのが、なにが悪いんですか？」

男は、不貞腐《ふてくさ》れたような顔で言った。じっさい、京市は本当の役目など、なにも語ってはいないだろう。

「悪くはない。ただ、壺振りは盆茣蓙《ぼんござ》の上だけにしろと言いたかったのだ」

と、桃太郎は言った。

第四章　いい縁起売ります

一

「口の堅い子犬の音吉と違って、まああの野郎はよくしゃべります」

と、与力の松島凡太郎は言った。

昨夜捕まえた殺し屋の、音無し京市のことである。奉行所の牢には、音吉がいるので、茅場町の大番屋の牢に入れて、取り調べをおこなっているらしい。

松島は、昨夜から今朝までの取り調べの結果を、わざわざ桃太郎のところに報告に来てくれたのだった。

「殺しはあんなに静かにやるのにな」

桃太郎も意外だった。

だが、人というのはそういうものである。心は一色で統一されているのではなく、まるで反対の色合いが混じっていたりする。忠義一辺倒だった旗本の用人が、中間部屋で賭場をひらき、テラ銭を稼いでいた例など、数え切れないほど見てきた。

「依頼主は、東海屋千吉だとも吐きました」

「そうか」

「百両で五人の殺しを依頼されたのだそうです」

「五人とな」

その五人とは、まずタコ刺し為八と、銀座《ぎんざ》の二郎次《じろうじ》――これも、虎蔵を担ごうと言っていた親分だった。

そして、もちろん臥煙の虎蔵に、目玉の三次。

「そしてもう一人が……」

松島は言いにくそうにして、

「じつは、愛坂さまのお名前も」

「わしの名が？」

子犬の音吉にも狙われたのだから、あってても不思議はない。しかし、自分など狙っている場合ではないだろうと思っていた。

「ただし、愛坂さまは手ごわいので、やれそうだったらという依頼だったそうです」

「やれそうだったら……」

「一度、近くまで行ったとも」

「なんと」

もしかしたら、変な音のする男と卯右衛門のそば屋で会ったとき、近くに京市がいたのかもしれない——そう思ったら、背筋が寒くなった。

「しかも、京市は、おれの前に仔犬の音吉が依頼を受けたが、愛坂桃太郎のせいで捕まってしまったそうだと言いました」

「ということは？」

「ええ。仔犬の音吉の依頼主は東海屋だと証言したわけです」

「それは、決定的だな」

と、桃太郎は言った。

鶴舞亭の火事も東海屋のしわざに違いないが、そちらの証拠も見つからずに苦労しているらしい。だが、ようやく東海屋の身柄を拘束できるはずである。いったん捕まえてしまえば、あとは子分の筋から、どんどん証拠が出てくるだろう。

「ええ。それですぐに箱崎の東海屋に踏み込んだのですが……」

「遅かったか」

心配していたことが起きてしまった。

「一足違いで逃げられました。いちおう見張りはつけておいたのですが、裏口あたりから出て行ったようです」

「もう少し早く言っておけばよかったな」

桃太郎も、東海屋を厳重に見張るよう、松島や雨宮に忠告してはいたのである。

「いえ。こちらの失態です」

「もう江戸にはもどらぬだろうな」

「というか、もどれないでしょうね」

と、松島はうなずいた。

町方だけでなく、やくざの目もあるのだろう。やくざが出す手配状は、町方のそれより効果があったりするらしい。逃げ切るのは難しいのではないか。

この日の夕方――。

町名主の喜多村彦右衛門が、臥煙の虎蔵を伴って、桃太郎の家に挨拶にやって来た。菰《こも》かぶりの酒樽だの、山本山《やまもとやま》の海苔《のり》だの、三温糖《さんおんとう》の箱詰めだの、鈴木越後《すずきえちご》の羊羹《ようかん》だのが玄関のところに積み上げられた。

「いずれ改めて、お礼の席は用意いたしますが」

と、喜多村が言った。

「そんなことはもう、気にせんでくれ。わしはなにもたいしたことはやっておらぬ」

「とんでもない。昨夜のご活躍についても、虎蔵からすべて聞いております」

「いや、昨夜の主役は虎蔵だ。あの炎のなかを、梯子に乗って宙を飛んだ姿は、わしは一生、忘れぬだろう」

桃太郎がそう言うと、

「いいえ。あれは愛坂さまのお膳立てがあってできたこと。こちらこそ、あの見事な剣捌きは、一生忘れません」

互いに褒《ほ》め合った。

「それで、三次との話は？」

と、桃太郎は訊いた。

「ええ。先ほど、わたしの家で、手打ち式を済ませました。ほかに二人の町名主と、あとは内密にですが、南北の奉行所から与力にお一人ずつ出ていただきまして、縄張りなどについて約定を交わし合いました。これで、双方の争いによる揉めごとは、いっさいなくなるはずです」

と、喜多村は言った。

「それはよかった」

やくざが全員、足を洗うわけはないので、揉めごとがなくなることはないだろうが、とりあえず、ずいぶん静かになってくれるはずである。

「では、あっしはこれで」

と、先に虎蔵が、連れて来た子分たちといっしょに帰って行った。まもなく住まいも移して、銀次郎が住んでいた長屋のほうに移るとのことだった。

あとに喜多村が一人、残った。

「じつは……」

なにやら、照れ臭そうにしている。

「なにか？」

「珠子はもうお座敷には出ないのですか？」

声を低めて訊いた。

「ああ、それな」

じつは、ほかにも置屋の女将とか、百川のあるじとか、何人かから、そのことを訊かれたのである。珠子の唄が聞きたい、日本橋のお座敷が寂しいと。「なんとか愛坂さまからお口添えを」とも。

改めて、芸者珠子の人気の凄さを痛感させられた。

「うむ。東海屋千吉のこととか、蟹丸に付き合ってやったことが理由でお座敷から遠ざかったのだから、そろそろ出るのではないかと思うのだがな。わしも、そこらはなにもわからんのさ」

桃子の祖父だからといって、珠子のすることに文句をつけたり、なにか勧めたりといったことはやりにくいのである。図々しいと思われがちだが、桃太郎は意外に遠慮がちなところがある。

「そうですか。もしかして、いい男でもできたのかと思ったのですが」

「いい男？」

「誰かといっしょになる約束でもしたとか」

喜多村は、ネズミがネコに訊くみたいな顔をした。

「それはないみたいだな」

「そうですか」

明らかに胸を撫でおろした。

この男の内心は、どういうつもりなのか。珠子の芸が大好きだというのは聞いているが、そこで収まるとは限らない。芸への信奉を越え、男女の仲にまで辿り着きたいと思っても、それは咎《とが》めようがない。

喜多村は当然、妻はいるだろうし、となると妾《めかけ》として面倒でも見たいのか。あるいは、妻は病かなにかで亡くなったりしているのかもしれない。となれば、後妻《ごさい》ということになるだろう。だが、そこらは誰かに訊ねたことはない。

「もし、いたら、ここを行き来するだろうから、おや？　となるはずだからな」

じっさい、そうなのである。怪しい男など、見たことがない。たまに、雨宮がご機嫌伺いに来ているが、あの男は心配する必要はまったくない。

「なるほど。いやあ、珠子のいないお座敷はほんとに寂しいものです」

「うむ。わしに芸があれば、代わりを務めるのだがな」

「愛坂さまが？」

「昔から、踊りには自信があったのだ」

手をひらひらさせながら言った。

もちろん冗談なのに、

「うひうひうひ」

喜多村の笑い顔は完全に引きつっていた。

二

翌日──。

桃太郎が、昼飯のそばを食べていると、窓の向こうで、あるじの卯右衛門と男が話しているのが見えた。

歳は三十くらいか。愛想よく話しているが、ここらでは見たことがない男である。客でもないらしい。

男は背に箱を担ぎ、小さな幟《のぼり》を立てている。

幟には〈縁起屋《えんぎや》〉と書かれている。聞いたことのない商売で、かなり胡散臭《うさんくさ》い。

話し声も聞こえてきた。

「旦那の家のどこかに、妙なものがありますね？」

と、縁起屋が言った。

「妙なもの？」

「ふつうとは違うものです。ほんとは、赤なのですかね」

縁起屋が、ぼやかしたような言い方でそう言うと、卯右衛門はパシッと手を叩いて、

「思い出した。よく、わかったな。二階に黒いダルマを飾ってあるよ。珍しくて買ったんだけどな」

と、感心して言った。

黒いダルマなんてものが卯右衛門の家にあるとは、桃太郎も知らなかった。

「やっぱり。それは縁起がよくありませんね。ふつうの赤にするか、変わった色がよければ、虎柄のダルマなんかどうです？」

「虎柄！　それは縁起がいいんだ？」

「ええ。虎柄は、勝運が増します。百文ほどで、黒ダルマを塗り替えることもできますよ。ちっと待ってもらうことになりますが」

「そりゃあ、ぜひ頼みたいね」

「わかりました」

詐欺臭いが、だが、ダルマの塗り替えで百文は、そうべらぼうな額ではない。

詐欺師なら、一両もするような虎柄のダルマを売りつけるのではないか。桃太郎は、黙ってつづきを聞くことにした。

「ほかになにかまずいものはあるかい？」

「そうですね。変わった生きものを飼ったりはしてないですか。ぬらぬらするような」

おいおい、と桃太郎も驚いた。たいした神通力ではないか。

「タコ飼ってたよ。でも、もういないよ」

「それはよかったです。それと、こっちのほうは大丈夫ですか？」

男は小指を立てた。

「女か？」

卯右衛門はぐっと声を落として訊いた。

「いや、女がいけないというんじゃないんです。ただ、あまり気持ちが入ってしまうと、せっかくの家運を傾かせますので」

「まあ、気をつけるよ」

「自らを戒《いまし》めるのにいい掛け軸がありますがね」

「掛け軸？」

「いいことわざが、雄渾《ゆうこん》な筆致で書いてあるんです。例えば、女百日、馬二十日とか。どんなものでも飽きる、馬は二十日、女は百日という意味です」

そんなものを飾ってある家に行ったら、笑ってしまいそうだが、

「いいねえ。女百日か。そういうのは、高いんだろう？」

「いや、骨董《こっとう》じゃないいんでね。それは三百文です」

「三百文で自らを戒められるんだったら安いな」

と、卯右衛門はすでに購入を決めたようにうなずき、

「あんたの店はどこだい？」

「とくに店は構えてないんですよ。いまんとこ、日本橋の瀬戸物町《せともものちょう》で商売してるんですが、あのあたりの縁起のよくないところは、だいたいあたしがよくしてあげたので、今度はここらに来たいなとは思っているんですがね」

「ほう」

「旦那のところなんか、長屋を持ってそうですけどね」

これも的中である。

「ああ、あるよ。ちょうど一軒空いてるところがあるな」

「そうなんで。もし、東向きの庭があるなら、ぜひお借りしたいですね」

「うん、あるよ。そう広くはないけど、東側の庭だよ。ちょっと見てみるかい？」

「ぜひ」

と、二人は長屋を見に行ってしまった。

——あいつはなんだったのだろう？

桃太郎は首をかしげた。

ずいぶん卯右衛門の内情を的中させていたが、本当に神通力《じんつうりき》なのか。詐欺師の手口に思えなくもないが、それにしては二百文だの三百文だの、商売はみみっちい。

そのうち、どぉーんと高いものを買わされるのかもしれないが、卯右衛門もそんな馬鹿ではないはずである。

——ま、いいか。

桃太郎は静観することにした。

すると、しばらくして、八丁堀のほうから蟹丸が歩いて来るのが見えた。

足取りは快活で、表情も明るい。

おそらく、東海屋千吉の悪事が明らかになり、江戸から逃げたらしいということを、雨宮から聞いたのだろう。

であれば、八丁堀の雨宮の役宅になど、とどまっている意味はない。どこでも勝手に歩き回ることができる。

だが、そうなると、日本橋の旦那衆などは、お座敷に復活させたいだろう。あれほど場を明るくさせてくれる芸者は、そうそういないはずである。

蟹丸は、はずむような足取りで海賊橋を渡ると、左に折れ、材木河岸沿いの人混みに紛れ込んで行った。

三

雨宮五十郎が、憂鬱《ゆううつ》そうな顔でやって来たのは、蟹丸が見えなくなってからまもなくである。鎌一と狆助がいっしょで、又蔵はいない。

桃太郎は、そば屋から外に出て、

「おう、雨宮さん」

と、声をかけた。

「あ、愛坂さま。ちょうどよかったです。ご相談したいことができたんですよ」

「相談？　やくざの揉めごとはほぼ片付き、江戸は平穏無事ではないのか？」

「そっちじゃなく、色ごとに関わる件でして」

「色ごと？」

桃太郎が頓狂《とんきょう》な声を出すと、

「ううう」

狆助が、困ったような声で唸った。

「悪い女にでも引っかかったのか？」

「おいらがですか？」

「悪い男だったりしてな」

「ご冗談を。じつは、又蔵と蟹丸の仲なんですが」

「又蔵と蟹丸？」

訊き返した桃太郎の声が裏返った。

「とんだことになりまして」

「無理やりか？　又蔵が押し倒したのか？」

「そんなんじゃないんです」

「ははあ。酔わせたんだな」

「それも違います。又蔵を問い詰めたんですが、あたしは何もしてませんと」

「ならば、どうにもならんだろうが。どうせ、又蔵が勝手に思いつめているんだろう。わしはそうだろうと睨んでいたよ」

「ところが、逆なんです。蟹丸のほうが本気らしいんです」

「嘘だろう！」

思わず声が大きくなった。

「おいらは、見ちまいました」

「なにを？」

「うちの裏の庭ですよ。今朝、まだ薄暗いうちでした。蟹丸がこうやって又蔵の手を引きましてね」

「……………」

「じいっと又蔵を見つめました」

「……………」

あの間抜け面を見て、蟹丸は噴き出さなかったのか。

「それから、ひしと抱き合いました」

「………」

子どものとき、初めて春画を見たときより、ドキドキしてきた。

「こうやって、じっとして……」

雨宮は自分の両手を背中に回し、指をくねくねさせた。

「真似はいい」

桃太郎はムッとして言った。

「あれはもう完全にできてますね」

「だろうな」

聞いただけでも、それは好き合った男女のやることである。

「どうしましょう？」

「どうしましょうと、わしに言われても困るよ」

「いいんですか？」

「だいたいわしと蟹丸はなにもないぞ」

「ですよね」

雨宮は笑って言った。その笑いは、あるわけがないという哀れな年寄りへの軽《けい》

侮《ぶ》の笑いなのか。そこを問い詰めると自分が傷つきそうなので、

「なるようにしかなるまい。男と女は」

と、桃太郎は厳かな口調で言った。

それにしても、蟹丸と又蔵の組み合わせは、想像すらできなかった。お雛《ひな》さまとタヌキの泥人形が同じ壇に並んだようなものだろう。また、並べてはいけないのではないか。バチが当たるかもしれない。

「では、おいらは又蔵の家に寄ってから、奉行所に行きますので」

「蟹丸もそっちか？」

「たぶん」

やはり、豆腐屋に匿《かくま》ってもらったのが、始まりなのだ。尽くされ、優しくされて、情が移ったのだろう。蟹丸は、芸者をしていても、すれたところはなかった。考えれば、なにも不思議はない。

「もう芸者はやらないのかな」

「やりたくないって言ってます。豆腐屋をやるんじゃないですかね」

「そうか」

雨宮たちを見送ると、いっきに気が抜けた。

立っているのもしんどいくらいで、海賊橋の欄干《らんかん》にもたれた。

そこへ、朝比奈が通りかかった。今日は、浜町《はまちよう》河岸《がし》沿いの屋敷に行く用があると言っていた。

「どうした、桃？　具合でも悪いのか？」

「そうではない」

「じゃあ、なぜ、そんなにヘナッとしてるのだ？」

自分ではそれほどヘナッとしているとは思わなかった。よほど衝撃だったのだろう。

「わしは自分の気持ちがわからなくなった」

「なにがあった？」

「若い芸者の蟹丸」

「ああ。桃にホの字の？」

以前、朝比奈からも、「あの芸者は桃に惚れているように見える」と言われたことがある。

「どうもそれは違ったらしい」

「別に男がいたのか？」

「岡っ引きといい仲になっちまった」

「ははあ」

「わしはなんだったのだ」

「ううむ。まあ、小娘に翻弄《ほんろう》されたってことかな」

「だよな」

「ま、そう気落ちするな。川に飛び込んだりするなよ」

「するか」

朝比奈は、なんとも言いようがないというふうに、首をかしげながらいなくなった。

桃太郎は、傍らの桜の木を見上げた。いつの間に、蕾《つぼみ》がこんなに膨らんだのか。ふと、この蕾を一粒食べるごとに、一歳ずつ若返ったりしないものかと思った。こんな訳の分からぬ思いをするのは、歳のせいだと腹立たしくもあった。

しばらくぼんやりしていると、

「愛坂さま」

と、向こうから卯右衛門が呼んだ。

さっきの縁起屋を連れてやって来て、

「今度、うちの向こうの長屋に越して来ることになった正吉《しょうきち》さんです。こちらは、謎解き天狗と呼ばれている元お目付の愛坂桃太郎さまだ。剣の達人でもあられる」

「へえ、よろしくお願いします」

縁起屋は愛想よく頭を下げた。

いつまでも呆然としているのはみっともないと、桃太郎はやや立ち直って、

「縁起屋とは、聞いたことのない商売だな？」

と、幟を指差して訊いた。

「へえ。あっしは、どういうわけか縁起の良し悪しを判断するのが昔から得意でしてね。それで気づいたことを教えてあげて、人や家の縁起をよくしてやるという商売を始めたわけでして」

「易者《えきしゃ》みたいなものなのか？」

であれば、想像の範囲である。

「いや、あっしには他人の人生まで占うことはできませんし、わかるのはほんのちょっとしたことなんですよ」

「ふうむ」

桃太郎は首をかしげた。

こいつはやはり、詐欺師ではないのか。

卯右衛門は、そんな桃太郎の気持ちを察したらしく、

「いえね。いまも、同じ長屋に住む、裁縫で身を立てているおせつさんという店子《たなこ》に会ったんですが、正吉さんが、地味な色の座布団に座っていませんか？って、いきなり訊いたんですよ。そしたら、煤《すす》けたような焦げ茶色の座布団だって。それで、端切れでもいいから、黄色や赤の布で覆ったほうがいいって。それだけのことでも縁起がよくなるらしいんですよ。もちろん、おせつさんの家なんか、見たことないんですよ」

「ふうむ。それでいくらかになったのかい？」

桃太郎は縁起屋に訊いた。

「とんでもねえ。そんなことで銭なんかいただけませんよ。同じ長屋の人が、ちょっとでも運気がよくなったら嬉しいんでね」

「ね、たいしたもんでしょ」

と、卯右衛門は、新しい店子がすっかり気に入ったらしかった。

四

それから四、五日して――。

桃太郎が桃子といっしょに、ついに咲き出した近所の桜を見物してもどって来ると、長屋の入り口で、蟹丸とばったり会った。

「あ、愛坂さま。お久しぶりです」

化粧っけなどまったくないのに、顔が桜色に華やいでいる。いま、春を心と身体で味わっているのだろう。

「久しぶりだったな」

「お会いしたかったです」

どこまで本気なのか。

「うむ。わしも、桃子の世話で忙しくてな。もう、千吉は江戸にはいないらしいな。あんたも雨宮のところは出たのだろう？」

しらばくれて訊いた。

「ええ。いまは、又蔵さんの豆腐屋にもどったんです」

「豆腐屋に？　置屋にはもどらぬのか？」

「ええ。もう芸者はやめます」

迷いなどかけらもないといった調子で言った。

「そりゃあ、がっかりするやつがいっぱいいるだろう」

「どうせ芸者のことなんか、すぐ忘れてしまいますよ。その分、あたしはおいしい豆腐をつくって、町の人に喜んでもらいますから」

「ほんとに豆腐屋になるのか？」

「ええ」

「ということは？」

「又蔵さんに嫁にもらってもらいます」

「ほう」

蟹丸の嬉しげなようすに、桃太郎もだんだん応援したくなってきた。

「愛坂さまのことは諦めました」

「なにを言うか」

「本気だったんですよ」

そう言って、頬を赤らめた。

桃太郎は未練がましい気持ちが湧くのを押さえつけて、

「それで、今日は珠子のところに？」

と、訊いた。

「ええ。ちょっと縁起屋の噂を聞いたんです」

「ああ、あいつか」

「もう、うちの近所でも評判になってるんですよ。それで、凄く興味を持ってしまって、珠子姐さんも知ってるか、訊きに来たんです」

「知ってたのか？」

「もちろんです。あたしもそのうち観てもらおうと思ってたって」

おそらく湯屋だの、髪結《かみゆ》いだので噂になっているのだろう。

「それにしても、珠子がねえ」

珠子はきわめて賢い女で、占いなどというのも決して妄信《もうしん》したりはしないはずである。それでも、女というのは、どうしても、ああいうものには興味を持ってしまうのかもしれない。

「占いほど、大げさじゃないのがいいって」

「ふうむ」

「それで、あたしは、いまから縁起屋のところに行って来ようと思って」

「なにしに？」

「新しい暮らしが、縁起が良くなるようにって」

「そうなのか」

別に止める気はない。

べらぼうな代金を払うなら止めるが、あの程度のことで気休めになるなら、かまわないだろう。

「愛坂さまには、あの人と改めて、きちんとご挨拶に伺います」

「……」

又蔵の改まった顔などあまり見たくないが、黙ってうなずいた。

ところが、それから四半刻（三十分）ほどして——。

蟹丸が憤然として駆けもどってきたのである。

桃太郎はまだ、桃子といっしょに長屋の路地で遊んでいるときだった。

「どうした？」

と、声をかける雰囲気でもない。なにか切羽詰まった表情で、珠子の家に入ってしまった。さっきの、あの桜色だった表情も、微塵《みじん》もない。

桃子ですら、なにか変だと感じたのか、呆然と蟹丸を見ていた。

「あたしたち、やっぱりうまく行かないのかしら」

そう言う蟹丸の声がして、桃太郎はつい、珠子の家をのぞき込んだ。

「どうしたの、蟹丸？」

珠子の声は冷静である。

「あたしの顔をじっと見たらすぐに、勘弁してくれって」

「縁起屋がそう言ったの？」

「縁起悪いの？　って訊いたら、縁起でもねえって」

「まあ」

珠子も呆れた。

桃太郎も、あの愛想のいい縁起屋が、ずいぶんなことを言ったものだと、意外である。

「なにが縁起が悪いのって訊いたら、あっしがなにか言えるもんじゃねえ。立派な易者にでも訊いておくれって」

「そうなの」

「なに、立派な易者って。そんなにひどいってことは、あたしと又蔵さんは幸せになれないってことなのかしら」

「それはなにも言ってないでしょ？」

「言ってないわ。でも、あの縁起屋は顔を見ただけで、だいたいのことがわかってしまうんでしょ？」

「そうらしいけど」

「だったら、又蔵さんとのことだって……」

蟹丸はそこで耐え切れなくなったらしく、声を上げて、泣き出した。

桃子までべそをかきそうだったので、桃太郎は慌てて桃子を抱き上げ、路地から外へと出てしまった。

五

蟹丸の件は気になるが、金を騙し取られたというわけではない。

あのあと珠子に訊いたら、

「落ち込んでたけど、そのうち気を取り直すと思いますよ」

とのことだった。

「又蔵といっしょになるそうではないか」

「ええ。いっしょにいて、情が移ってしまったみたいです。あたしは賛成しました。又蔵さんはいい人ですから」

「ま、いい人ではあるが」

「でも、縁起が悪いみたいに言われちゃって」

「うむ。あまり、気を落としているようだったら、わしがいい易を告げてくれる占い師を連れて来てやるか」

「ああ、それもいい手ですね」

と、珠子も笑って賛成した。

とりあえず、しばらくはようすを見るしかない。

家にもどると、

「桃。わしの新しい剣捌きを見てくれぬか」

と、朝比奈が言った。真面目な朝比奈は、桃太郎と違って、やるといったことは毎日、考えつづけるのだ。

「ああ、いいとも」

「庭ではちと狭いな」

「では、どこへ行く？　山王旅所の境内は子どもが多いから危ないぞ」

「茅場河岸の鎧ノ渡しのほうに、ちょっと広くなったところがあるだろう」

「ああ、あそこがいいな」

と、二人で茅場河岸に向かった。

「じつは、細く長くというのを考えた」

歩きながら朝比奈は言った。

「ほう」

「若いときは、人生にせよなんにせよ、太く短いのがいいと思っていた。だが、いまは細く長くでいいと思っている」

「まあな」

「剣も細く、長くしようと思った」

「なるほど」

「まだ、剣をつくってないが、木剣《ぼっけん》をこしらえた」

袋から取り出した。確かに、細く長い。桃太郎のは、ふつうの木剣である。

茅場河岸に着いた。ここらは魚の荷揚げは終わっていて、人けも少ない。段差はあるが、なかほどのところで広くなっていた。

しかも、大きな柳の木が並んでいて、垂れ下がった若い葉叢《はむら》が、上の道からこちらを見えにくくしている。

「ここでいいだろう」

「ああ」

二人は互いに木剣を構えて向かい合った。

朝比奈は、正統派のしっかりした構えである。桃太郎のほうは、つねにゆらゆらしている。少年のころから、師匠たちに、「そなたのは不良の剣だ」と、言われてきた。「剣も気持ちもあるべきところにない」とも。いま、そうした指摘は当たっていると思うが、しかしそれが駄目だったとは思わない。

「たぁっ」

桃太郎は軽く撃って出た。

わずかに早く、朝比奈の木剣の先が、桃太郎の肘裏を突いた。

当てられた感触があり、すぐに木剣を引き、横から撃って出た。

それも、朝比奈の木剣が桃太郎の肘裏を突くのが先だった。

真剣だったら、致命傷にはならぬが、筋の一本くらいは断ち切られたかもしれない。それも二度。

「ふうむ。突きが先か？」

「ああ。突くほうが力も要らぬ」

たしか南蛮の剣も、そういったものだったのではないか。片手で、大きく伸ばしてくるとも聞いた。朝比奈の突きは、そこまで伸びてはこない。

「だが、実戦でそううまく行くかな」

そう言って踏み込むが、また軽く突かれた。

「なるほど」

だが、何度かやるうち、朝比奈の動きを見切った。

突いてきたところを、刀で横から押さえるようにしながら、懐に入った。こうなると、剣の威力が違う。

引き際に斬った。真剣なら腕を落としている。

「やられたか？」

朝比奈が訊いた。

「ああ」

「どこが駄目だ？」

「真剣になると、力負けするな」

「やはり、そうか」

「しかし、面白い剣だ」

「そうか」

「焦らずにやれ」

「死ぬまでに間に合えばよいか」

「そうだよ」

桃太郎はうなずいた。この歳になったら、もう焦ることはないのだ。悠々と、最期の仕上げにかかればいい。

「愛坂さま」

上から呼んだ者がいた。

「あんたは……」

目を瞠《みは》った。東海屋千吉がいた。

「江戸から出たのではなかったのか？」

千吉は、河岸の段々を下りて来て、二人の前に立った。

「出たふりをして、すぐに引き返しました。やるべきことが残っていたのでね」

照れたような笑みを見せた。

連れはいない。一人だけである。

「子分はどうした？」

と、桃太郎は訊いた。

「皆、逃げちまいましたよ。ま、やくざの忠義など、そんなもんでしょう」

桃太郎はうなずき、

「もう、江戸の町は静かになるぞ。目玉の三次が、銀次郎の跡目を継いだ臥煙の虎蔵と手打ちをした」

「ええ。見てましたよ。あれも愛坂さまの仕組んだことですかい？」

「わしのしたことなど、ほんのわずかだがな」

「たいしたお人ですよ」

千吉は桃太郎を見た。怒りの炎はさほど窺えない。

「それで、わしに仕返しに来たのか？」

桃太郎が訊くと、千吉は苦笑して、

「いいえ。それはできないことだと承知してますよ。愛坂さまの強さはさんざん思い知りましたのでね」

「では？」

「お願いしたいことがあります」

懐から、重そうな包みを出した。

「二百両あります」

「逃げるにも金はいるだろうよ」

「別に百両はこっちに」

と、懐を叩いた。

「これを蟹丸に届けてください。おふくろにも分けろと言って」

「そんな金は受け取るまい」

桃太郎は苦笑した。

「でも、あいつだって金では苦労しているんです」

「一時期はそうだったろうが、いまはそうでもないだろう」

「あっしの詫びの分も入ってるんです」

と、千吉はつらそうな目で頭を下げた。

「お前はなんで、やくざになんかなったのだ？　以前、お前の母親にお前の子どものころの話を聞いたことがある。誰かを苛《いじ》めたり、喧嘩をしたりなんてことは、いっぺんもなかったと言っていた。おとなしくて、気のやさしい子だったとも言っていたよ」

「ああ、そうですか。母親ってのは、見ているようで、まるでわかってなかったりしますからね」

「戯作者《げさくしゃ》の弟子になったこともあると」

「そんなこともありましたね」

「医者になろうとしたり、鍼《はり》を習ったこともあるらしいな」

「ええ。いちおうね」

「それが、どこを通るとやくざの道に行くのだ？」

「惚れた女がね」

　と、千吉は苦笑して言った。

「そっちか」

「親が借金で首が回らなくなりましてね。とうとう吉原《よしわら》に売ろうってことになったんですよ。よくある話ですけどね」

「それで？」

「道は一つでした。金貸しを殺して、女の親の借金をチャラにしてやることです

「やりました。あっしは、もともとそういう才能があったんでしょう。静かに二階の窓からその家に侵入し、寝ているところをブスリ」

　短刀を突き入れる真似をしながら言った。

「女の家の借金の証文は奪いましたが、金のありかは見つからず、それで逃げました」

「女は吉原に行かずに済んだではないか」

「ところが、女はやっぱり金が欲しいと、近所の爺いの妾になったんです。自ら進んでね。そんな女じゃねえと思ってたので、がっかりしましたよ」

「人殺しまでしたのにな」

「ええ。やっぱり金かいと。そういうわけですよ」

「なるほどな」

「でも、おふくろには可哀そうなことをしました」

「そうだな。それと、蟹丸というか、千草にもな」

　蟹丸のほんとの名を言った。

「まったくです。この金で、芸者からも足を洗うように伝えてください」

「……」

又蔵とのことを言おうかと迷ったときだった。

「千吉。見ぃつけた」

ふざけたような濁声《だみごえ》が、上から降ってきた。

六

右手から、相撲取《すもうと》りのような大男が現われた。

「銀座の二郎次……」

と、千吉が呻くように言った。

二郎次は十人近い子分を連れて来ていた。

「ああ、おめえ、おれに殺し屋を差し向けていたんだってな。面白いことをしてくれたじゃねえか」

笑いながら言ったが、目は怒りのため、恐ろしいほど吊り上がっている。

たしかに、桃太郎も与力の松島から、その名を聞いている。音無し京市が殺すよう頼まれた五人のうちの一人だった。

「二郎次が狙われて、おれを生かしておこうとしたのも気に入らねえな」

左手から別のやくざが現われた。やけに背の高い細身のやくざだった。足が常人の倍ほど長いのか、帯をずいぶん上で締めているように見え、着物の裾が旗みたいに波打っている。

このやくざも、子分を十人ほど率いている。

やくざたちは、ぐるりと千吉を取り囲んだ。

「お侍。あんたたちには関係ねえこった。どこぞに、消えてもらいましょう」

二郎次が言った。

「そうはいかんな」

と、桃太郎は言った。

「どういうわけで?」

「この男とは多少の縁があってな。殺されるのを黙って見ているわけにはいかぬのさ」

「いっしょに命を落とすことになりますぜ」

「それはどうかな」

桃太郎は刀に手をかけた。

朝比奈も、二間ほど離れて、桃太郎と並んだ。

「おいおい、怖さも感じなくなった爺さんたちらしいぜ。遠慮はいらねえ。いっしょにあの世に行ってもらおうぜ」

「おうっ！」

二郎次の声で、やくざたちがいっせいに声を上げた。

桃太郎はざっと見回した。

武器はいずれも、長ドスで、長刀と変わりはない。

武士相手となるとさすがに警戒しているらしく、そろそろと前進して来る。

「留。ちと、多いな」

「しかも、こいつらは皆、若いぞ」

「とりあえず、半分を動けなくさせよう。そこで一息だ」

「わかった」

桃太郎は、すばやく刀の峰を返し、

「とあっ」

こっちから突進した。

「うおっ」

正面にいる数人は、ひるみ、横へ回り込もうとした。

桃太郎はそれをさせない。

素早く剣を振るって、一人は肘を、もう一人は肩を叩いた。骨が砕けるくらいの強さだった。

「ああっ」

痛みのあまり、二人とも転げ回る。

さらに、河岸の下のほうへ回り込んだ若いやくざめがけて跳び、真っ向からあばら骨を叩いた。

「ひぇっ」

てっきり斬られたと思ったらしく、くるくる回って倒れた。

ちらりと朝比奈を見ると、病持ちとは思えぬ動きで、二人を動けなくさせていた。

「この爺いども、やるぞ」

二郎次が言った。

「ああ、目付の竜虎と言われたわしらを舐めるなよ。お前ら全員、二度と悪さができぬようにしてやるからな」

そんなことは言われたことがない。

だが、ハッタリは利いたらしく、やくざたちは動きを止めた。

その瞬間だった。

これで逃げられると思ったのか、千吉が包囲の隙間に向かって突進した。

「よせ」

桃太郎は止めたが、遅かった。

やくざの一人が千吉にドスを投げつけると、それは脇腹に突き刺さった。足がもつれたところに、三、四人がいっせいに斬りかかった。

やくざたちは、千吉を仕留めたと確信したらしく、怪我人を助けながら、見た目の悪い渡り鳥の北帰行《ほっきこう》のように、大急ぎで引き上げて行った。

「しっかりしろ」

桃太郎は千吉に声をかけた。

千吉は血だるまである。斬り刻まれ、目も当てられぬありさまだった。朝比奈は近寄ろうとせず、離れたままこっちを見ていた。

千吉はうつろな目で、落ちている包みを見た。汚らしい布の包みで、連中もまさか大金の包みとは思わなかったらしい。

桃太郎はそれを見て、

「あんたの願いは、聞き届けてやるよ」

と、言った。

「ありがとうございます」

律儀な商人のようなお礼の言葉だった。

七

「そうですか」

蟹丸はそう言って、しばらく俯いた。

ここは又蔵の豆腐屋である。昼間なので、又蔵は雨宮に付いて回っているはずである。蟹丸は、大豆を煮ているところだった。このときの匂いだけは、あまり食欲をそそわれないし、若い娘の好きな匂いでもないだろう。

桃太郎は、千吉が死んだことを伝えるためにやって来たのだ。

なんとか千吉の妹への思いやりも伝えたいが、それを伝えられる自信はない。

「町方に報告したので、遺体は何人もの人間を殺した罪人として扱われるだろうな」

おそらく、首が晒《さら》されたりもするはずである。

「ええ」

「あんたは、これからもっとつらい思いをするかもしれぬ」

「覚悟してます」

こういうことは、どこかから洩れるのである。あの豆腐屋の女房は、極悪人の妹だと、囁《ささや》かれることも必ずあるはずである。それで蟹丸は傷つき、兄を思い出すことだろう。他人の悪意は、凧《たこ》の糸のように長いもので、噂を耳にしなくなるまで七十五日くらいで済むわけがない。

「そういうことも見込んでのことだろうが、千吉からこれを預かった」

桃太郎は蟹丸の前に包みを置いた。

「お金ですか？」

「三百両ある」

二百両に千吉が持っていた逃亡資金も合わせた分である。

「こんなもの、受け取れません」

「わしも千吉にそう言った。蟹丸は受け取らぬだろうと。だが、受け取ってやるといい。それをうまく使って、きれいな金にするのさ。たとえば、この豆腐屋だって、もうちっとこぎれいで、仕事がしやすいように改築できると思うぞ」

「でも、もう豆腐屋もやってはいけないかもしれません」

「なにを言う？」

「あたしは、根っから縁起の悪い女なんですよ」

すっかり落ち込んでいる。

「縁起屋のことか。あんなものはでたらめだ」

「いいえ。皆、凄いって言ってます。でたらめだなんて言うひとは、誰もいませんん」

「わしにまかせろ」

「縁起が良くなるのですか？」

「………」

それはわからないが、とにかく蟹丸をなんとかしてやりたい。

——これはどういう気持ちなのかね。

桃太郎は不思議である。

八

その日のうちに――。

桃太郎は瀬戸物町に来ていた。

最初に、通りの入り口にある間口二間ほどの、小鉢専門の瀬戸物屋に声をかけた。ここは昔からの店である。

「このあたりに、縁起屋というのがいなかったか？」

桃太郎があるじに声をかけるとすぐに、

「ああ、いましたよ」

と、返事があった。こんなにすぐに、知っている者と出会うのは、よほど知られていたのだろう。

「なにか買わされなかったか？」

「買わされたというより、買いました。ほれ、そこにある黄色い招き猫ですよ。商いの運がよくなるというのでね」

指差した今戸焼《いまどやき》の人形は、いかにも愛らしい。

「効果はあったのか?」

「ありましたね。若い娘の客は二割ほど増えましたよ」

「ほう」

「たいしたやつですよ、あれは。あっしが、下駄を履いて仕入れに行ってて、転んで怪我をしてひと月くらい商売がやれなかったんですが、それを見ていたわけがないのに、仕入れに下駄を履いたりしてないですよねと、そう言ったんですよ」

「誰か、近所の者に話を聞いていたんじゃないのか?」

「いやあ、みっともないので、転んで怪我したとは、誰にも話してないんですよ」

「そうなのか」

「どうも、あっしには下駄は縁起が悪いらしいんで。それで、赤と黄色の鼻緒をつけた草鞋《わらじ》がいいというので、それを買いました」

「べらぼうな値ではなかったか?」

「いいえ。ふつうの値ですよ。あっしも、この際だから、二十足ほど買っちまいましたが、安いもんですよ」

そこそこは儲けただろうが、しかし詐欺師のやることではない。

「縁起屋に騙されたという者はいないのか?」

桃太郎はさらに訊いた。

「そんなのはいませんね。あれは、天狗顔負けの神通力の持ち主ですぜ。もっといてもらいたかったんですがね。引っ越しちまいました」

おやじは、いかにもがっかりしたように言った。

「ひどく縁起が悪いから、あんたのことは観たくないとか言われたやつは?」

「いや、そんなやつはいないでしょう」

蟹丸はよほど特別な人間だったのか。

「ここには、どれくらいいたんだ?」

「せいぜい三月くらいでしたかね」

「どこから越して来たと言っていた?」

「ここの前は、上野黒門町《うえのくろもんちょう》にいたと言ってましたね」

桃太郎は、次にその上野黒門町に向かった。

ところが、ここでもまったく同じだった。

縁起屋正吉は、わかるはずがないその人の家のなかだの、癖《くせ》だの、失敗だの、悩みだのを、ずばり的中させ、その悪運を解消するためのコツや、縁起のいい品物を教えてくれていた。代金は、誰に対しても高くはなく、買った縁起物を置いたりしたら、明らかに運気が良くなったのだという。

「縁起屋に会ったら、また帰って来てくれと伝えてください」

桃太郎は伝言まで頼まれてしまった。

さらに足取りを追った。

根津門前町《ねづもんぜんちょう》でも、その前の湯島天神町《ゆしまてんじんちょう》でも、縁起屋正吉の評判は素晴らしかった。

誰一人、悪口を言う者はいなかった。

それどころか、まるで小さな神さまが通り過ぎて行ったみたいに、感謝しているのだった。桃太郎が悪口など言おうものなら、石でもぶつけられそうな雰囲気だった。

その先は音羽《おとわ》だというので、ここでやめることにした。

だが、桃太郎は、

——皆、騙されたんだ。

そう確信したのだった。

暮れ六つぎりぎりに坂本町にもどって来ると、桃太郎は海賊橋のたもとで、思わず足を止めた。

楓川沿いに桜の木が並んで、いずれも満開に咲き誇っているが、こちらから二本目の桜の木の下に、雨宮五十郎と珠子が立っていた。

――桃子は？

と、目を凝らすと、桃子は雨宮に抱かれていた。寝てはいないのは、足を動かすようすでわかった。

なにか大事なことを話している。そういう雰囲気だった。

二人のあいだは近かった。

目と目は合わせないが、同じほうを見ていた。頭上の花を見、幹を見、それから向こう岸の火の灯った常夜灯を見た。見ることより、話すことに、気がいっているようにも見えた。

雨宮が十手を取り出し、房を示してなにか言った。珠子がうなずいた。聞こえないが、話の中身は想像がついた。「これ、気に入ってるよ」「うん、似合ってます」あれは珠子からもらったものだったのだ。

かすかに珠子が笑った。その笑い声のなかに、女の幸福感があった。健全な女の媚《こ》びと甘えもあった。

そうしたことから、桃太郎はすべてを察知した。

雨宮の求愛が、珠子にそっくりそのまま受け入れられたのだ。受け入れるとなれば、ぜんぶ受け入れることは、珠子の侠気を知っているだけに、想像のつくことだった。

桃太郎はそっと歩き出し、まだ開店中の卯右衛門のそば屋にふらふらと入って行った。

「おや、愛坂さま」

「うむ」

「どうなさいました？」

「驚くべきことが起きた」

「なんです？」

「雨宮五十郎の求愛を、珠子が受け入れた」

「ほんとですか？」

卯右衛門は目を丸くした。

「本当だ。だが、わしはそうなることを予感していたような気もするんだ」

予感しながら、それを否定していたのだ。よりよい桃子の幸せを望んで、桃子のふつうの幸せを見失うところだったのだ。

「じゃあ、桃子ちゃんも？」

「そりゃあ、八丁堀へ行くだろう」

「はあ」

桃太郎はうなずき、すべてを容認したうえで、改めてこうつぶやかずにはいられなかった。

「嘘だろう」

九

翌朝――。

桃太郎は、卯右衛門といっしょに縁起屋正吉の家に向かった。

「叱るのですか？　まさか、町方に突き出すなんてことは？」

卯右衛門が心配そうに訊いた。

「それはまだわからん」

家に着いた。

声をかけて、なかに入ると、正吉は商売道具を並べているところだった。

上がり口に腰をかけるとすぐ、

「縁起屋。そなたの神通力の正体は見破った」

と、桃太郎は言った。

「まさか」

「いや、本当だ。そなたには、仲間がいるのだ」

「え」

「まず、仲間が先に狙った町に入って、丹念に見て回っているのだろうよ。卯右衛門の黒いダルマだって、あの部屋から出してなくても、掃除のときに持ち上げて動かしたりはしているだろう。あそこの窓をよく見ていれば、そんな場面も見られたはずだ。それを後で、妙なものがありますね、とやるわけだ」

「……………」

「女の話だってそうだろう。先に来ていたやつが、湯屋だの床屋だので卯右衛門が愚痴をこぼしたりしたのを聞いていたんだ。それをしっかり書き留めておくわな。そうやって、この町内の住人たちの暮らしぶりだの悩みだのを把握しておいてから、あんたが乗り込んで来るわけだ」

「……」

「それは誰だと聞かれても、そいつはもう次の町に行ってしまっている。もっとも見当はつくわな。この家の、あんたの前の住人も三月しか住まなかった。つぶれた店の手代で、次の働き口を捜しているという触れ込みだったってな」

「……」

「いまごろは次の町の噂をいろいろ書き留めているんだろう。わしも、まったくの当てずっぽうで言っているわけではないぞ」

「そうなので？」

「あんたの足取りをさかのぼって調べてきた。前の家に行き、三月しか住んでいないことも突き止めておいた。その前の家も三月だった……そうやって当たって行くうちに、それしかないと思った」

「……」

正吉は俯いてしまった。

「なんでもよく当てたが、一つだけ、解せない変なことがあった。芸者の蟹丸が、ここに来ただろう？」

「あ、はい」

慌てて顔を上げた。

「蟹丸は瀬戸物町の置屋の売れっ子芸者だから、当然、あんたも知っていたよな」

「それは……」

「兄貴がやくざの東海屋ってこともな」

「ええ。じつは、東海屋さんの子分には、ずいぶん脅されまして」

「なるほど」

「恐ろしくてたまらなかったんです。だから、蟹丸姐さんとも、いっさい関わりたくなくて、冷たくしてしまいました」

「東海屋は死んだよ」

「そうなので」

「蟹丸はすっかり、自分が縁起の悪い女なんだと思ってしまった。わしから蟹丸に真実を告げておくぞ。あんたは、縁起が悪いなんてことはないとな」

「わかりました」

と、正吉はうなずき、

「わたしのしていることは、罪になりますか？」

不安そうに訊いた。

「詐欺と言えなくはないわな」

「ですよね」

「縁起を良くするのに、どういうことを勧めているのだ？」

「いろいろ手を変え、品を変えてますが、基本は単純なんですよ。まずは、身の周りのものを、できるだけ明るい色にすることです。黄色とか桃色とか赤とか、そういう色のものを置くと、花が咲いたときといっしょで、気持ちが明るくなるんです」

「なるほど」

「それと、ちっとでも家のなかの風通しと日当たりを良くするようにさせるんです。家具の置き方だの鏡の置き場所だの工夫しましてね。それもできないなら、大きい団扇《うちわ》を買わせたりもしました。風通しと、お天道さまは、身体にもいいはずなんです。身体の調子は大事でしょう」

「まったくだ」

「それから鉢に薬草を植えるように勧めるんです。薬草といっても、面倒なものじゃありません。ヨモギだの、ドクダミだの、かんたんに育てられるものです。地面があるなら、柿や栗を植えさせます。いざというときは食えますし、柿の葉なんかは、茶のかわりに使えますし」

「素晴らしいな」

「それから、犬猫を飼うのも勧めます。犬猫がそばにいると、気が休まりますし、愚痴を聞いてもらうこともできます。あいつらは、ちゃんと人の心がわかるんですよ。寂しい気持ちを慰められたら、毎日、元気でいられるじゃないですか」

「そうだよ」

「ほんとの犬猫が駄目なら、人形でもいいからと、それは売り物として用意してますしね」

「なるほど」

「これだけでも、ずいぶん気持ちの持ち方が違ってきます。当然、縁起だって悪くなるはずがありませんよ」

「素晴らしいな」

桃太郎は、本気で感心した。これぞ暮らしの工夫、智恵というものではないか。

「そうですか」

「ああ、どれも理屈にかなっている」

「へえ」

「縁起屋の商売、どんどんやってくれ」

「いいんですか？」

「ああ。わしはもうなにも言わぬ。仲間のことも黙っておく。な、卯右衛門」

「もちろんです」

卯右衛門はホッとして言った。

桃太郎はその足で、蟹丸のところへ向かった。

又蔵はまだ家にいて、蟹丸が豆腐をつくるのを手伝っていた。

仲間のことは言わず、縁起屋正吉が東海屋の子分に脅され、蟹丸が東海屋の妹だということを知っていたと告げた。

「まあ、脅された仕返しみたいなもんだったのさ」

「そうだったんですか」

「というわけで、あんたは縁起が悪いなんてことはいっさいないんだ。安心していい」

と、桃太郎は言った。

蟹丸は振り向いて、又蔵を見た。

「お前さん。あたし、縁起が悪い女じゃなかった」

「へっ。おいらは、縁起なんかどうにでもできると思ってたけどね」

「だよね」

蟹丸は嬉しそうに言った。

すっかり若い二人に当てられた。

「愛坂さま。この豆腐、持ってってください。それと、珠子姐さんの分も」

おまけに、できたての豆腐まで持たされてしまった。

十

三日後――。

朝比奈が庭で剣の稽古をしていた。その熱心さには、頭が下がる思いである。

振っている木剣は、やや細め、やや長めくらいに見える。

それで、斬ると突くの双方を、うまく使い分けたいらしい。

桃太郎の目にも、そのほうがいいように見える。あとはやはり、年老いたときの体力の衰えを、どう補助するかだろう。

桃太郎は縁側に座って、その稽古をしばらく見つづけた。他人の稽古をじっくり見ることは、剣の修練には大事なことなのだ。

朝比奈は稽古を切り上げ、汗をふきながら、

「どうも、秘剣はまだまだだな」

と、言った。

「だがな、留。秘剣はまだでも、剣の極意は身についたかもしれぬぞ」

桃太郎は、にんまりしながら言った。

「極意？」

「この前、やくざどもを相手にしたとき、わしらはただの一滴も血を流さなかっただろうよ」

「ああ、そうだな」

「本当なら、二、三人は叩き斬っててもよかったんだ」

「ああ」

「だが、しなかった。最後に会得する剣捌きというのは、命を慈《いつく》しむためのものだ。そんな気がせんか」

「なるほど」

「だとしたら、わしらはそれを会得したということではないか」

「まったくだ」

「秘剣は死ぬまでに完成できたらいいではないか」

「そうしよう」

朝比奈は桃太郎のわきに腰をかけた。

長い友情になった。五十年近くなる。茫々《ぼうぼう》たる時が過ぎた。

「荷物はまとまったのか？」

桃太郎が訊いた。

「ああ。まもなく向こうから荷車が来る」

焼けた朝比奈の屋敷も、建て直された。

皆、浜町河岸沿いの屋敷にもどることになった。

「桃が下の部屋を使うか？」

「そうだな」

「店賃は一人で払うことになるが」

「そんなことは気にするな。卯右衛門の依頼で充分、足りる」

すっきりした家のなかを、春風が吹き抜ける。

春の引っ越しは、ほかの季節のそれより、時の移ろいを感じさせる。

十一

そのさらに三日後――。

もう一軒の引っ越しの支度も終わっていた。

珠子と桃子が、八丁堀の雨宮家に移って行くのだ。

二人の荷物は、驚くほど少なかった。雨宮はもちろん、又蔵と蟹丸の夫婦、それに中間の鎌一も、荷車を引いて手伝いに来ていたが、その荷車も要らないくらいだった。

「じゃあな」

「お世話になりました」

珠子が頭を下げた。

「とんでもない。こっちが世話になった」

桃太郎の本心だった。桃子と遊ばせてくれた。面倒なことは珠子がやって、桃太郎はただ桃子と遊ぶだけでよかったのである。

「意外でしたでしょう、おじじさま？」

珠子は恥ずかしそうに訊いた。

「ああ、正直、夢にも思わなかったよ。あんたと雨宮の組み合わせは」

「なんて言うんですかね。あたしって、芸者になってこのかた、ずうっと、自分は日本橋でいちばんの芸者にならなくちゃとか、歌と三味線は誰にも負けちゃいけないんだとか、必死で頑張ってきたんですよ」

「ああ、それはわかるさ」

「日本橋でいちばんがなんなのさとか、歌と三味線だって、楽しけりゃいいじゃないかって思うんですが、どうしても上を向いてしまうんです。生まれつき負けず嫌いなのか、自分の境遇から這い上がるには、そうするしかないと思ったのか」

「……」

たぶん両方なのだろう。

「でも、疲れるんです」

珠子はため息を洩らすように言った。

「だろうな」

「しかも、もし、あたしがこの先、父親なしに桃子を育てていったら、きっと桃子にもそういうことを押し付ける気がするんです。あんたも、男に頼らずに生きていかなくちゃ駄目とか、そのためには一流の芸を磨くことだとか」

「なるほど」

「それはおそらく、桃子にも辛いことだと思うんです。しかも、桃子の人生をあたしが決めてしまうことにもなるんです」

「……」

そういう危惧は、桃太郎も薄々は感じていた。だが、世のなかには、そんな親が満ち満ちていることも事実だった。

「でも、頑張らない人生って、楽なんですよね」

珠子はしみじみと言った。

「雨宮の人生か」

その雨宮は、路地の向こうで、桃子といっしょに連れて行く黒猫を捜しているらしい。下手人だってなかなか捜せないのだから、隠れるのがうまい猫を見つけるのは、さぞかし容易ではないだろう。

「ええ。あの人の善良さとか、やさしさとかは、たぶん、あまり頑張らずにやっているところから来てるんじゃないかって、そんなふうに思えるんです」

「そういうところもあるだろうな。つまり、欲が薄いわけだからな」

と、桃太郎は納得した。

「ええ。いちばんの人生とか、負けない人生なんかより、そっちの人生のほうが逆に幸せになれる気がするんです」

「…………」

おそらくそうなのだ。人はつねに、よりよいものを求めて、もっと大切なものを失うのである。

「桃子だけじゃなくて、あたしもです」

「それでいいんだ、珠子。あんたが先に幸せにならないと、桃子だって幸せにはなれないんだからな」

「はい」

少し沈黙があった。

それから桃太郎は言った。

「今後の人生がさらによくなるよう、年寄りの忠告だ。聞いてくれるかい？」

「もちろんです」

「家のなかに、黄色や赤い色のものをいくつか飾ってくれ」

「はい」

「家は、風遠しをよくして、日当たりに気を使ってくれ」

「はい」

「庭の隅に、ヨモギとドクダミを植えてくれ。まだゆとりがあったら、柿と栗の木を植えてくれ」

「わかりました」

「犬は狆助が、猫も黒助がいるか。では、それはいい。以上」

縁起屋の受け売りを伝えたのだった。

「では、おじじさま」

珠子が改まった口調で言った。

「うむ」

引っ越しの支度のほうもすべて整ったらしい。又蔵たちはもう、路地を出て通りのほうに行っている。驚いたことに、雨宮は黒猫を抱いているではないか。

桃子は黙って珠子に抱かれた。それから、丸い可愛い目で、桃太郎を見た。

この小さな魂は、別れというものを感じているのだろうか。

「じゃあな、桃子」

「じいじ」

桃子はつぶやくように言った。

「うん。じいじはいつだって、なにかあったら、お前のために駆けつけるぞ」

雨宮が少し先まで行き、遠慮がちに待っている。

「さあ、行け」

これ以上、桃子を見ていたら、泣き出してしまいそうである。爺いが泣くところほど、みっともないものはない。
桃太郎は先に背を向けた。
また春の別れ。
どこからか、散り始めた桜の花びらが、風に乗って飛んで来ている。

この作品は双葉文庫のために書き下ろされました。

双葉文庫

か-29-52

わるじい慈剣帖《じけんちよう》（十）

うそだろう

2022年11月13日　第1刷発行

【著者】
風野真知雄《かぜのまちお》

【発行者】
箕浦克史
【発行所】
株式会社双葉社
〒162-8540 東京都新宿区東五軒町3番28号
［電話］03-5261-4818(営業部)　03-5261-4833(編集部)
www.futabasha.co.jp(双葉社の書籍・コミックが買えます)
【印刷所】
中央精版印刷株式会社
【製本所】
中央精版印刷株式会社

【フォーマット・デザイン】
日下潤一

ISBN978-4-575-67131-5 C0193
Printed in Japan

井原忠政
三河雑兵心得
足軽仁義
戦国時代小説〈書き下ろし〉

苦労人、家康の天下統一の陰で、もっと苦労した男たちがいた！　村を飛び出した十七歳の茂兵衛は松平家康に仕えることになるが……。

井原忠政
三河雑兵心得
旗指足軽仁義
戦国時代小説〈書き下ろし〉

三河を平定し、戦国大名としての地歩を固めた家康。猛将・本多忠勝の麾下で修羅場をくぐる茂兵衛は武士として成長していく。

井原忠政
三河雑兵心得
足軽小頭仁義
戦国時代小説〈書き下ろし〉

迫りくる武田信玄との戦い。家康生涯最大のピンチ、三方ヶ原の戦いが幕を開ける。怯むな茂兵衛、ここが正念場！　シリーズ第三弾。

井原忠政
三河雑兵心得
弓組寄騎仁義
戦国時代小説〈書き下ろし〉

大敗から一年、再び武田が攻めてきた。決戦の地は長篠。ついに、最強の敵と雌雄を決する時が迫る。それ行け茂兵衛、武田へ倍返しだ！

井原忠政
三河雑兵心得
砦番仁義
戦国時代小説〈書き下ろし〉

武田軍の補給路の寸断を命じられた茂兵衛は、森に籠って荷駄隊への襲撃を指揮することに。戦国足軽出世物語、第五弾！

井原忠政
三河雑兵心得
鉄砲大将仁義
戦国時代小説〈書き下ろし〉

信長の号令一下、甲州征伐が始まった。徳川に寝返った穴山梅雪の妻子を脱出させるため、茂兵衛は武田の本国・甲斐に潜入するが……。

井原忠政
三河雑兵心得
伊賀越仁義
戦国時代小説〈書き下ろし〉

信長、本能寺に死す！　敵中突破をはかる家康一行の殿軍についた茂兵衛、伊賀路を越えられるのか!?　大人気シリーズ第七弾！

風野真知雄　わるじい慈剣帖（五）　あるいたぞ　長編時代小説〈書き下ろし〉

長屋にあるエレキテルをめぐり対立してきた北町奉行所の与力、森山平内との決着の時が迫る。愛する孫のため、此度もわるじいが東奔西走！

風野真知雄　わるじい慈剣帖（六）　おっとっと　長編時代小説〈書き下ろし〉

日本橋の新人芸者、蟹丸の次兄が何者かによって殺された。悲嘆にくれる娘のため、桃太郎は真相をあきらかにすべく調べをはじめるが。

風野真知雄　わるじい慈剣帖（七）　どこいくの　長編時代小説〈書き下ろし〉

江戸の町のならず者たちの間に漂い始める抗争の気配。その中心には愛坂桃太郎を慕う芸者の蟹丸の兄である千吉の姿があった。

風野真知雄　わるじい慈剣帖（八）　だれだっけ　長編時代小説〈書き下ろし〉

激化の一途をたどる、江戸のならず者たちの抗争。愛する孫に危険が及ぶまいとする愛坂桃太郎だが……大人気時代小説シリーズ、第8弾！

風野真知雄　わるじい慈剣帖（九）　ねむれない　長編時代小説〈書き下ろし〉

愛孫の桃子と遊ぶことができず、眠れぬ夜を過ごす元同心の愛坂桃太郎。そんなある日、桃太郎はなにやら訳ありらしい子連れの女と出会い……。

風野真知雄　若さま同心　徳川竜之助【一】　消えた十手　長編時代小説

徳川家の異端児　同心になって江戸を駆ける！　剣戟あり、人情あり、ユーモアもたっぷりの傑作時代小説シリーズ、装いも新たに登場!!

風野真知雄　若さま同心　徳川竜之助【二】　風鳴の剣　長編時代小説

憧れの同心見習いとなって充実した日々を送る竜之助の身に、肥後新陰流を操る凄腕の刺客たちの影が迫りくる！　傑作シリーズ第二弾！

風野真知雄　若さま同心　徳川竜之助【三】　長編時代小説
空飛ぶ岩
徳川竜之助を打ち破り新陰流の正統を証明せんと、稀代の天才と称される刺客が柳生の里からやってきた。傑作シリーズ新装版、第三弾！

風野真知雄　若さま同心　徳川竜之助【四】　長編時代小説
陽炎の刃
珍事件解決に奔走する竜之介に迫る、姿の見えぬ刺客。葵新陰流の刃は捉えることができるのか⁉　傑作シリーズ新装版、待望の第四弾！

風野真知雄　若さま同心　徳川竜之助【五】　長編時代小説
秘剣封印
因縁の敵、柳生全九郎とふたたび対峙し、徳川竜之助の葵新陰流の剣が更なる進化を遂げる！傑作シリーズ新装版、第五弾！

風野真知雄　若さま同心　徳川竜之助【六】　長編時代小説
飛燕《つばくろ》十手
江戸の町を騒がせる健脚の火付け盗人の噂。徳川竜之助は事件の不可解な点に気づき、調べを始めるが……。傑作シリーズ新装版、第六弾！

風野真知雄　若さま同心　徳川竜之助【七】　長編時代小説
卑怯三刀流
徳川竜之助に迫る三刀を差す北辰一刀流の遣い手。さらに時を同じくして奇妙な辻斬りが出没し……。傑作時代小説シリーズ新装版、第七弾！

風野真知雄　若さま同心　徳川竜之助【八】　長編時代小説
幽霊剣士
葵新陰流を打ち破るべく現れた、幽鬼の如き剣士。不可視の剣の謎を解き新たな刺客を打ち破れ！　傑作時代小説シリーズ新装版、第八弾！

風野真知雄　若さま同心　徳川竜之助【九】　長編時代小説
弥勒の手
葵新陰流の継承者と、柳生新陰流が生んだ異端児。宿命の2人に遂に決着の時が訪れる！　傑作時代小説シリーズ新装版、驚愕の第九弾！